René Rodríguez Soriano

EL MAL
DEL TIEMPO

medialsla
editores, llc

2da. Edición

René Rodríguez Soriano

El mal del tiempo

−Premio de Novela UCE 2007−

MEDIAISLA
Juegos con lagartos
Kingwood, TX 2011

http://mediaisla.net

Segunda Edición: Febrero de 2011

ISBN: 978-1-4583-8295-5

Publicado por: ***mediaIsla editores/lulu.com***
Correo electrónico mediaisla@gmail.com

El mal del tiempo, novela ganadora del Premio UCE 2007,
otorgado por un jurado integrado por Diógenes Céspedes
(Premio Nacional 2007), Francisco Comarazamy
(Premio Nacional de Periodismo 2007) y Rafael García Romero.

Diseño de portada: **PRAXIS PEÑA**
Obra de portada: **LIDIA BARUGEL** | *Fortuneé en su tierra azul*
Concepto y diseño de interior: **MEDIAISLA EDITORES, LTD**

Para Carla

del mal del tiempo le había quedado la costumbre
de invertir los hechos, de modo que contaba comenzando
por el final y remontando hasta el principio,
o mezclando caóticamente las historias más diversas."
Antonio Tabucchi / *Piaza d´Italia*

Cuadernos

Cuaderno 1

Teoría del epígrafe

Cristal de otros tiempos

Comienzo el día oyendo música. A eso de las ocho de la mañana, sintonizo mi absurda existencia con *Cristal Europa*. Todo un día de remembranzas. No salgo a la calle, leyendo *Juvenilia*. Invierto buena parte de la tarde en escribir algo, pero como siempre, los días como hoy me resultan incómodos. Los domingos, como diría Víctor Manuel, me saben tristes, su arsenal de recuerdos e impotencia se me apoza adentro, llenándome de ausencia y niebla. Razones de sobra tengo para considerarlo así. Los domingos del seminario, el pueblo… y todos los pasados en esta bulliciosa y extraña ciudad. No ha sido fácil adaptarme a esta nueva vida. No me acostumbro al trajín universitario, tantos autos y tanta gente y bulla sin dar conmigo ni los míos en estos días sin fondo.

Briznas de olvido

Otro día más; gris azulado o, más bien, triste. Otro eslabón de esta larga y rugosa cadena mal llamada vida. Termino *Juvenilia*, libro que me toca bien de cerca, ronda patios, laberintos donde se nadan aguas con colores y sabores conocidos. Al menos para mí que desperté una mañana con las maletas hechas —un crucifijo y un misal alumbrándome el camino—, y puse tierra de por medio con mis sueños y mis juegos para internarme en este mundo que no pude navegar, por más que lo intentara; ¡lo lamento, mamá, no pude ser el cura que soñaste! Pasan por mi mente todos los recuerdos, forrados con cirios y sotanas. Me huelen y me hieden los recuerdos, dulces y salados, no sé ni lo que siento. Evoco y dejo que la memoria se pierda y se encabrite entre las briznas del olvido. Algo juré al abandonar el seminario, nunca arrepentirme por haber salido. Termino el día con la fatiga y el cansancio de la nada. Porque el hacer nada, nada causa. Voy a la cama con las ansias de que siempre haya una sábana amplia y lisa, pasadizo prometido hacia el mañana, para el que espera. Ojalá.

Gato estepario

Hoy se cumplen dos años de mi llegada a esta urbe. Dos años de ardua lucha, de sacrificios, intentando abrirme paso en este mar tan diferente a mis apacibles olas pueblerinas de San José del Puerto. Me insulta, me hiere y me lastima esta ineptitud contestataria, inadaptado. En estos 730 días no he podido dar el salto y sacudirme la modorra puebluna, dejar de ser un soñador impenitente. Siempre intentando, pensando, pasar a la acción y dejar las quejas. Nada vendrá sin que haga la diligencia y busque lo que ¿quiero? encontrar. Es cierto que la ciudad apabulla y acogota, es cierto, pero eso no es motivo para seguir amilanado y gris por los rincones. Nada nuevo en todo el día. El mundo, mi mundo, sigue plagado de mentiras, corrupción...

Pinar parejo

Uno de tantos, como muchos de los pasados y los que faltan; sin novedad. Viendo el tiempo pasar. Morir el día y teñir su manto de negrura para ocultarse de las intrigas y sumirse en el antro que se llama noche. Lo que esperan los truhanes, asesinos, para enaltecer la patria que es su feudo, apostillados en las proclamas ¿infames?; mas quién osaría ensuciarlas con el pétalo de una flor asustadiza y bizca. Ninguna sorpresa agradable ni desagradable. Buena música. *Smile, smile a little smile for me...* Es algo que quisiera para mí, algún trabajo, alguna loca desgarbada, un manotazo brusco, una tormenta. Quisiera recibir una carta o noticias de alguien, intercambiar ideas. Solo, me siento solo, aislado, olvidado, abandonado, alienado. Hay momentos en que es bueno divagar, sentirse libre. En algo así como una gran sabana, darle rienda suelta a la imaginación. Vagar.

Fotografía de un silencio en do mayor

Telarañea en la llave una gota de agua
y te recuerdo;
ondea en el alambre el rotito
sonriente de la media azul y te pienso;
serpea en el muro amarillo
la jodida hormiguita y te busco;
gorjea en la radio un susurro hecho voz,
con matices de tarde y te espero;
soliloquia la brisa con la brisa, silba
y ulula su canto y te llamo;
vilipendian mis dedos a las teclas
pensativas de la rubia en que escribo
y te escribo;
sonríe en lo alto de la azotea
una escoba desdentada sonámbula
y te canto;
gusanea en mi mente
una tarde con sueños y esperanzas,
colores y pinceles y te pinto;
 perdura el canto pinto

de un recuerdo que busco, pienso
y llamo cuando escribo,
porque espero que tú esperes
que te espere.

Uno entre miles

Soy nadie y aún así la vida, la vida me trata como si fuera alguien. No sé si soy uno de los tantos inútiles, inadaptados, o que la suerte me es adversa. No tengo creencias religiosas, no pertenezco a ningún grupo político, aunque me precio de tener el tino y el sentido de hacia dónde debe correr la noria. Perseguido, creo —quizá me considero más importante de lo que soy— por ideas que no acabo de abrazar. El día de hoy casi llevaba el mismo camino de los anteriores, pero por la tarde, puse proa hacia Santa Catalina de la Luz. Viaje monótono. Escapo de mi realidad escuchando un poco de payola —pienso— para no abrumarme demasiado en la forzada marcha. Hace unos cuantos días que todo anda revuelto en el país, dicen que el Coronel desembarcó por Ocoa al mando de un grupo guerrillero. El miedo y el sentido más o menos común, fuerzan a creer que puede ser una estratagema gubernamental. Nadie hace nada por sacar a uno del berenjenal y este fango gris y hediondo. Rabio, pateo, bufo, disiento, discuto con los compañeros de asiento. Tal vez, sería mejor, muy buena idea, conseguir un trabajo, más o menos, algo estable. Asentarme aquí, estudiar otra cosa. Soy vil, enano, vampiro. No sé ni cómo definirme. Exploto a los viejos, haciéndoles gastar lo que no pueden ¿para qué?

Perdón de Judas

Un trovador, un rapsoda de la nada, un vagabundo es lo que soy. Ando gran parte del camino. Hoy me encuentro semivencido a, quizás, mitad. Otro día más de la vida de un útil inútil. Un día más de andanzas sin lograr un tanto a favor en el juego de la vida. Un día más que me pasa por encima dejando sus huellas, un día como cualquiera. Un día ordinario. Encuentro amigos que están en iguales condiciones, huyendo de una disparatosa e injusta persecución. Una víctima más de este sofocante sistema. A las dos de la tarde, más o menos, acudió el recuerdo de algo que sucedió hace quizá algunos diez años o más, algo que me hace sonreír. Recuerdo, un colmadito, cerca de la casa, tomé una naranja. Quise confesarlo. No encontraba cómo planteárselo al padre Santisteban, la vergüenza me mataba, me reconocería —lo sabía—, y después no tendría cara para mirarle jamás. Así que, hablando con los demás monaguillos, antes de la confesión, acordaron que devolvería la naranja o el importe. Fue Jon Sebastian quien lo planteó:

—Vas, pides un dulce o una china, luego haces creer que te llaman y sales cuando la estén pelando, y no vuelves...

Sable en desuso

Oigo una canción que suena a Malecón y me interna en los recuerdos de una noche, luna adentro. Sólo un pensamiento y una idea me asaltan: que se acabe este desorden pronto, que se vuelva a la relativa normalidad. Basta ya de patrañas, si las hay. Si no las hay: ¡adelante, a desalambrar!

Laura en otros boleros

¿Por qué tengo que ser víctima de una persecución? ¿Por qué tengo que dejar el pueblo? ¿Los amigos? Hartura de harta vida. ¿Qué he hecho? ¿Qué no? Medio día de jugosa y frugal lectura, y medio de trabajo forzado —pura carpintería—. Sudo, lo que se llama sudar. No tengo ánimos de escribir. Casi me decido a volver a la música que antes me estremecía y que ahora dejo pasar por los baldíos sin nombre, qué importa. Oyendo hoy al artista preferido de mi niñez, viene a la memoria una noche inolvidable. Inolvidable la noche e inolvidable quien hizo que la noche fuera memorable. Recuerdo sus ojos. Su boca. Toda ella. Más que nada su mirada que articulaba todas las lenguas, manipulaba más de mil palabras por segundo. Tantas cosas. Una noche. ¿Por qué negarlo? Estremecido del placer de recordarla, envuelta en las canciones, mientras la noche se teje y entreteje, la bola rueda, se enmaraña la historia, la noticia y las montañas, la prensa que no dice todo o casi nada y Antonio Prieto, de la mano con los sueños y el recuerdo vaporoso, tierno y dulce y Laura en Madrid, casi pasado, y el presente estrujado y gris, la nebulosa que acogota paso a paso. El sueño que asoma, la oscuridad que lo arropa todo.

Siempre en domingo

Otro domingo. Mañana comienza el can de siempre: lunes, martes, miércoles... domingo... qué contrariedad. El de hoy ha sido semidistinto. Una mañana de música un tanto desfasada, y un poco de lectura. Me encuentro con Aura, Aura la de Jon Sebastian, la que un día me agarró las manos para que Jon me rompiera la boca, allá en el San José del Puerto de mis amores. Aura, la amiga de infancia, la perdición de Jon Sebastian. Callados, juntos y un poco enlodados en el fango Pasolini, *La pocilga*. Después la cena, algunas vueltas por la ciudad. Pensar, joder, que esta mañana, de nuevo, pensé como un enano en Laura —hasta soñé anoche con ella, creo—, no la puedo arrancar de adentro. Una cosa es bien cierta —me martilla, pienso—, esta es una vida que ni siquiera vale la pena vivirla. No creo, no me siento en capacidad de alcanzar la perfección y comprender a los demás, no tengo madera de santo. Me gustaría volver a San José, recorrer los largos caminos de la niñez y bañarme en las rigolas de la tarde, reencontrarme con todos los que se han vendido, calumniando a los demás. Total, están enajenados, vencidos, traumatizados, tapados, tarados, desquiciados, arrinconados, acabados. Pero esta es la ruleta de la vida, hoy les toca su número.

Perrito peleador

¿Qué hay detrás de las montañas? El camino de la libertad, tal vez. O el giro que se enrosca en esta nada absurda y gris que se impone a fuerza de fusil y lengua larga con funditas en día de Reyes

Sábado viejo

Una calle de barrio, pobre, solitaria. Los recuerdos que se arremolinan. Obreros que llegan, reflejadas en sus rostros las penurias de un agotador día de vicisitudes y trabajos. Noche de sábado, oyendo la canción. Niños que juegan a ser mayores. Una viejecita solitaria deambula por la callejuela. Desaparecen los niños, duermen.

Hoy canto por cantar

Silenciosas y acompasadas suenan en la arena las pisadas de los presurosos caminantes del barrio. Ha quedado todo en calma después de un torrencial aguacero. Los pocos transeúntes se dirigen a su hogar para fundirse en el sopor de la noche triste. Los enamorados se embriagan. Hoy, un día sorpresivo. Esta mañana, la de enfrente tomó unas tijeras y decidió tumbarme la morusa que lucía por melena. Me destusó como a un gallo pelón de vecino. No he quedado tan mal. Pasó casi toda la mañana hablando conmigo. Sin embargo, es y ha sido nada más y nada menos que un domingo más. Otro domingo que —¡Watson! —, por ser domingo, pues, es domingo. La calle a oscuras, nadie transita. Se escucha el desafinado canto de los grillos y la desentonada canción de algún borracho que, entre el limbo y el Olimpo, acaba de ligar un par de tragos y otros trapos traviesos de un tal Baco. Las noticias siguen siendo iguales, la radio luce asordinada y los periódicos, con sus grandes titulares, siembran confusión y más temor. Quizás oír viejas canciones y soñar sea lo mejor que puede pasar en estos extraños días. *Hace tiempo que te tengo en el olvido, mis amigos, al verme, se reían...*

Lluvia en la noche

Rain drops keep falling on my head... Con su manto de negrura, la noche llegó. Vino acompañada de música disonante y destellos que auguraban la llegada de la lluvia. Llueve. Las gotas tintinean en el techo. Hoy, medio día de lectura y medio de paseo. Poco para el presente y mucho para el futuro. La lluvia con la noche se enseñorea y el sueño llega.

Puente de piedra

Mi patria y mi guitarra las llevo en mí. La una es fuerte y es fiel, la otra un papel... Hoy ha sido un día de mucho escribir, desde que me levanté y aún escribo. Por la mañana, tres cartas. Al mediodía, y parte de la tarde, esbozo un articulejo para la prensa. Bueno que saque de abajo —me digo o intento decirme—, y deje la quejadera y haga algo, pero algo, no decir que estoy haciendo nada y debo hacer algo; en eso estoy desde hace tantas líneas que ya ni lo recuerdo. La verdad que aquí no se hace otra cosa que oír canciones por la radio, la radio sólo sirve para eso, este silencio adrede es algo que se apodera de uno como la hiedra, lo va cubriendo palmo a palmo, y siento que eso es lo que se persigue desde la garita del gárrulo mayor: adocenar hasta la pared de enfrente, empaquetar y ensimismarlo a uno en la misma nada. Sin embargo hoy, este día de hoy, me ha tocado de forma diferente, me siento otro, un poco más dueño de mí, decidido a lanzarme un poco hacia lo hondo. *Una lágrima en tu rostro fue un milagro prodigioso... Mary, por favor, dame tu mano, continuemos siempre así... Take a letter Marie...* Viva la lucha por la libertad y la igualdad. *Ella es igual pero distinta a las demás... En mi sentimiento, hay un pensamiento de que pronto te declararás...*

Historia que no cuenta

Esta mañana voy temprano a la ciudad, compro el periódico y encamino los pasos hacia la casa de Jon Sebastian. Jon Sebastian, aquel Charles Atlas que recorrió conmigo tantos caminos en San José del Puerto, el amor de Aura. Hablar un poco. Jugar, comer y despedirnos. La tarde, la paso casi toda junto a la de enfrente. Por la noche, de visita en una casa donde lo innombrable se toca y no se nombra, se dialoga y se discute sobre regionalismos. Siento cátedra. No lo podía creer, no me reconocía. De pronto, en el centro del ruedo, demuestro —me demuestro— que no ha sido en vano ese incesante afán de tirar y tirar páginas hacia la izquierda. Hoy también, analizando la situación del país. Las guerrillas, la inflación, la persecución política, los problemas estudiantiles. El gobierno se encuentra en el centro del follón. Tendrá que abrir bien los ojos para afrontar la situación que se le plantea. Creo que en el Palacio van a tener que apretarse bien los pantalones. Este es un momento muy duro. Lo lamentable es que todos sufran en lo más íntimo de las pieles los fuetazos que mandan el auriga y su rasquiñoso coro de títeres mal comprados.

Lerdos trazos

Plumas ensangrentadas, plumas que habrá que empuñar cual fusiles libertarios. Hoy, el desayuno, el primer plato fue amargo, desabrido, fue... la muerte de Gregorio García Castro (Goyito). Emboscado con la noche, asesinado por marionetas movidas por subtitiriteros. Temprano voy a la ciudad, me encuentro con Jon Sebastian donde las monjas. Veo la prensa y luego ando un poco la ciudad. Al mediodía, vuelvo y, como siempre, trato de escribir, emborronar.

Menesteres del escriba

Amanezco por escribir cartas. Paso la mañana en esos menesteres. Por la tarde vuelvo por el pueblo con el propósito de enviarlas y, además, ver a Damaris. Fracaso total. Damaris, como Cuchy es un extraño espécimen. De esos seres soberanamente desprotegidos que, quizás sin proponérselo siquiera, suelen posar sus ojos en tipos estrafalarios y taciturnos como yo. La primera, Damaris, tenía muchos días pasando —puntual y austera, a las 12:15 del mediodía—, frente al almacén. Me miraba. La miraba. Hasta que, como siempre, rompió el hielo. Se acercó a Dulce, la vecina, y le pidió mis referencias. Después, un cine, hablar un poco, hablar mucho de casi nada o todo, las manos, los ojos, huidizos contertulios, la eterna promesa, la pregunta y el tiempo, el tiempo, el implacable. En cambio, la segunda, Cuchy, es otra historia; demasiado territorio, extensa porción de espacio lleno de mujer y encanto para repartir. Una perturbación a flor de fósforo, llama que llama a uno al instante de percibir que ella se acerca. Pienso que, quién sabe, han llegado así, sin darme cuenta. Bueno, las noticias, las montañas, la alevosía contra Goyito, toda la sangre hirviendo por los rincones me ha confundido más de lo que estaba. Ahora no uno el universo de mis dudas y devaneos, navego en un confuso y triangular océano de pasiones. Le doy miles de giros y rodeos al asunto. No encuentro trecho por dónde entrar, ando algo perdido y taciturno, carezco del suficiente valor. Quizás.

Su nombre es una historia

Sagrario, sucede a veces que un pueblo parece indiferente... Hoy se cumple el primer aniversario de los potros canes desbocados contra el alma máter. Sagrario herida. Más tarde símbolo, bastión, pedrada planetaria contra el abuso y el desdén: Sagrario Ercira Díaz Santiago. Gloria y honra a su nombre, a la que cayó armada del más poderoso cañón: sus lápices y sus cuadernos, en un momento tan abrasivo como el que se vive. Pienso que, al igual que en tiempos de la dominación haitiana, el mejor lugar para los honestos, ha de ser tras las rejas o siete metros bajo tierra. Me atormenta pensar que ya comenzarán las clases. Esta noche, por enésima vez a la enésima potencia, el rumbo habitual. Allí estaba Cuchy con su sonrisa acostumbrada —me desconcierta— a flor de labios. Radiante de alegría —y de luz—. Charla que se desborda y es propicio, probable y muy posible que naufrague en los océanos de la noche. Una vez más, vacilo. Al tris de dar el golpe final, falló el valor.

Flor de ausencia

Me voy y al irme, no sé. Al irme me voy, me voy por el deber pero mis más puros deseos, mi mejor parte se queda aquí. Me levanto con la perturbación de un viaje que no quería que se diera. Y parto *sin adiós sin despedida*. Un viaje aburridísimo. Tratando de llegar a la nueva residencia, me extravío. Estoy de nuevo aquí, sufriendo la sed de aquello dejado atrás...

Fango en flor

Todos estos días aquí no han sido más que mustia luz, mirar atrás, ver los recuerdos que se encienden y se apagan, intermitentes, agigantándose: Bianca, Caamaño, Damaris, Goyito, Cuchy y los demás, y lo demás. Han pasado tantas cosas y no ha pasado casi nada. El cancerbero sigue ahí, el circo continúa y la sangre mana sin fuerza por la fuente quejumbrosa de los días. Cambio de barrio que me arrastra taciturno por ahí, sin brújula. La ciudad no me cabe en los sueños, estoy perdido y hay como un sopor, unas desgarraduras y sarpullido en el ambiente. Nada está donde debe estar, el sol salió esta mañana con máscara antigás, el viento ralea mohíno y sucio por los rincones del día, los perros realengos hacen mutis por el foro ante los zafacones y su burlón silencio. Hoy ha sido un día raro. Murió la madre del auriga.

Cara sucia

Todo está como era, sólo que ahora se trasluce, se nota que mucho ha sido violado, ultrajado. Marcho muy temprano rumbo a San José del Puerto. ¿Impresiones de viaje? Ningunas o muy pocas. Llego. Ando las calles. Visito las casas, veo caras, sólo caras, rostros, muecas que antes camaleoneaban sonrisas, hoy, doble ración y al cuadrado tremolan tiña, oquedad y desaliento. Nada nuevo.

Pan de otro trigo

Ocho años, hoy, que el pueblo, armado de coraje, se lanzó a las calles. Ocho años desde abril del 65. ¿La conclusión será que falta otro 24 de abril como aquél? Dedico la mañana entera a una tarea universitaria. Me quedo sin los bigotes, que dentro de poco cumplirían un año. Por la tarde, al llegar a la universidad, todo se vio desnaturalizado con el horrendo crimen de un estudiante apodado Chepito, en un baño del edificio de la Rectoría. Truncaron su vida. Una flor más que pierde este maltratado jardín. Lo peor del caso fue ver desfilar a todos esos buitres que se hacen llamar "guardianes del orden". No puedo reprimirme y vocifero:

—¡El auriga y su cuadrilla, asesinos en el poder!

Estaba tan cargado de odio y de pesar que apenas acertaba a articular frases unimembres, la última vez que me pasaron cerca, grité:

—¡Criminales!

Bala emplumada del delirio

Fechas gloriosas, días memorables, el amor está relegado, hubo muchos días de desvaríos. Al fin, la realidad se enseñorea y se pasea por los aposentos de mi vida. Por la mañana voy a la universidad, nada muy ni tan nuevo. Por la tarde, recibo clases. Debo ser más discreto con mi vida. Ser un poco como antes, más circunspecto. Un poco más de tacto es lo que me hace falta. Soy portador de una alegría y no sé de dónde proviene. Están renaciendo los deseos de escribir de un modo más extenso cada noche, de un tiempo a esta parte todo estaba muy sintetizado. *Enamorados de un puro ideal...*

Ático de papel

Cada día me torno más extraño. ¿Hasta dónde llegaré? ¿Seguiré siendo un estorbo? En todo el día no salgo de los alrededores. ¡Quiero ser libre! ¡Quiero pertenecerme, quiero ser mío, sólo mío, mío y de nadie más! Tengo que lograrlo, si tengo que dejar los estudios, los dejaré. Abandonar convencionalismos, si es preciso. Estoy, me siento aturdido, atolondrado,

en una gran encrucijada. No sé qué hacer. No es una encrucijada de amor. No es como días anteriores. No es el atolon-
dramiento de las margaritas deshojadas. Tal vez ni yo mismo
logre descifrar el por qué. Hoy, mañana casera, tarde universitaria. Me vuelvo algo popular entre las compañeras de aula,
advierto.

Cuaderno 2

—*Mira. El castillo de Chillón. ¿Quieres un plátano?*
—*No, gracias.*
—*¿Qué me vas a contar?*
—*Todo.*
—*¿Sirven para algo tus historias?*
—*No sé. No lo creo.*
—*Mejor. Diviérteme.*
Carlos Fuentes | ***Zona sagrada***

Aire desde el aire

Querido Javier:

¡Precioso el encabezamiento de tu carta! Me alegra que te encantara mi postal. Te agradezco mucho que me lo dijeras, así sabré tus gustos (ojalá entiendas mi letra, pero se me ha olvidado hasta escribir).

En cuanto a la originalidad, me gustan originales el amor y los sentimientos humanos (odio la hipocresía). Que la forma de expresarlo sean originales o no (no van ni la "n" ni la "es"), es cosa que me tiene sin cuidado. ¡Oh, hablé mucho! (¡Qué "Listín", digo "periódico").

Los exámenes me trataron de maravilla. Estudié "bastante" poco y sólo se me quedó la Trigonometría, tengo exámenes el 24. Fue un orgullo que me quedara ésta, sólo dos del curso lograron liberarla.

Qué formalita tu carta, Javier. Me impresionó. En cuanto a lo de la amiga, te diré que casi pierdes el tiempo, si tratas de intrigarme de nuevo. Ya no soy tan curiosa. Si, como dices, nos veremos en el 75, sólo faltan 13,996,800 segundos para vernos. Hubiera querido verte en estos días, ahora.

Te extraña,

Laura
Abril 17.

Aspa ciega

.... Pensar, recordar, meditar. Actúo sin ser yo. *Vivo sin vivir...* Soy un poema trunco, inconcluso. Soy. Estoy. (¿?) Un día común y corriente, sólo que, influido por los acontecimientos de anteayer. Meditabundo. Removiendo el pasado. Cupido ha encontrado en mí su presa. Eros dirigió sus poderes sobre mí, me hace recordar, recordar, recordar, recordar.

Sorda bocina

Domingo, mañana y tarde, nado en la marea densa y suave de la música. Por la tarde, estudio, vago, devaneo y vuelo en El Paseo de los Indios. Al finalizar la tarde, me encuentro con Eduardo. *Los Hermanos Karamazov*, un cine, buena excusa para el reencuentro con Eduardo. Tenía que ser. Ese jabao terrible que tronaba por las tardes de San José del Puerto. El que me prestó los primeros libros, los inolvidables tomos uno y dos de *Peyton Place*. El que se perdía conmigo y Porfirio para degustar canciones y sonidos que a todos les sonaban tan extraños (él, la *Quinta de Beethoven;* yo y Porfirio, *I Feel Fine, She's a Woman, Satisfaction* y otras tantas). Ese jabao que desde la esquina tantas consignas lanzó contra el teniente Calado y sus gendarmes. Después —también recuerdo, aunque no quisiera recordarlo— lo veo en un jeep rojo, colorao, embarrar todo lo que había dicho antes. Cambió su arrojo por arrogancia y un empleo en el INDRHI. Hoy ante una de las obras inmortales de ese Dostoievsky que tanto nos arrobó en los veranos bulliciosos del San José de adolescentes. Me — nos dormimos.

Cola de pez

No salgo, para estudiar y, después de tanto afán, gran desencanto: salió un examen facilísimo. Las clases se han convertido en algo nuevo. Soy cada vez más extrovertido. Voy en pos de un desarrollo "sociológico", o sea, me asocio más con los demás y, por ende, con las demás, que son más y, en el fondo, más importantes. No salgo durante la mañana, ocupado en escribir una carta. Camino de la universidad, la dejo en el correo. Después, aulas y hablar como perico con el grupo de mujeres. Llueve y la lluvia me provoca insomnio. Llueve y al llover no sé, quizás me ponga nostálgico. Sigue lloviendo y el recuerdo, como gota de lluvia de una tarde cualquiera, pone en moviola, cuadro a cuadro, mano a mano, chica y misteriosos vadeos —territorios de la piel, temblores—, cebándose en un beso, u... la tinta, me abandona.

Fardo sin fondo

Levanto la mañana bien temprano, la despierto lúcida de asombro, quería estudiar no para descifrar el infinito ni las incógnitas del círculo concéntrico, o el álgebra de las cosas. Tenía un examen pero Luis propone una tangente, y yo, secante, siempre dispuesto, enfilo el norte a San José. Otro día en las calles del pueblo. Son días de no sé ni qué. Son días que ni deseo leer la prensa. San José huele mal, duele en el costado y no sé con qué filigrana de ternura tendré que armarme para volverme a encontrar. Sé que perdí la brújula y el astrolabio sordo en alguna esquina de la tarde. Sé que me roen tuercas y pespuntes ácidos en el prisma y la paciencia. Sé que no soy un santo y que no tengo fuerzas para dominar las penas, pero no encuentro el mango para asir la sartén que habrá de guisar nuevos vientos a estos aires ausentes tan míos que se me pudren de orín y malarrabias. Jugué un poco de baloncesto, bailé y bebí tres sorbos de la noche. Terminó otro día y guardo en el gusto ese sabor amargo, indeglutible y áspero. ¡Qué pesadez de vida, agónica y perdida!

Miel melosa

Temprano, me suelto de San José. Llego, me examinaba por la tarde, fácil examen. Presencio un acto en el Alma Máter. Participó Lucecita Benítez. No me causa la impresión que esperaba. Aunque me atrae su pastosa voz y su aura, esperaba encontrar a la otra Lucecita. No la de cartel y pose nueva, la Lucecita que me descosió los ojos y el cerebro con ese canal de cosas nuevas que significó la Nueva Ola y *Bobo, bobó, no seas tan bobó* o *Vete con ella vida, pues sé que tú la quieres* o *vive al lado, la que me tiene ilusionado, enamorado, justo al lado*. La Lucecita que hacía escándalos y que dejó en la inopia al pobre Chucho, la que hacía y deshacía en el *Show del Alfred D. Herger*, la Lucecita incendiaria, no la encendida y gorda que ahora posa del lado que giran estos vientos.

Su nombre, noche

No pongo un pie fuera del bohío. Leo un poco, por la mañana. Oigo música. Elaboro el trabajo de castellano. Emito juicios apayasados. Momentos de recordación. Pienso en la espera. Espero carta. ¿Contestará? Hay noches que son noches porque están cubiertas del más oscuro azul de los azules, noches que parecen días tristes, noches en fin. Estas son noches en que quisiera conversar con alguien más. Divagar por mundos inexplorados hasta hoy, volar... No entiendo por qué, siempre que pienso en un nombre de mujer, ante todas está ella. No sé, será que tiene sembrado en mí tan hondo su recuerdo...

Aguada con plumilla

Muchos quisieran visitarla. No hay qué escribirle… Tu amor, mamá… Siento que el país vive en la regresión, están volviendo a tramos que otros larvados indignatarios ya signaron, por el camino de la podredumbre. ¿Faltará gran trecho? Hoy, día marcado para una martillada fiesta. No fue del todo mal. Luis, Fernando y yo con varias compañeras de curso. Sonia, Xiomara, Xiomara (la de los ojos verdes), Yulis, Aura, Sandra, Rafaela, las dos hermanas de Sagrario y otras que se borran en las codas del olvido. Bailar mucho, poco. No importa. Comida. Chismes y *shows*. Un día sin lastre, un día de lo más qué sé yo. No puedo quejarme. Así que, grabados con tinta, aunque no indeleble, conservo colores y unos borrosos contornos y perfiles. Y algunas escenas para recordar un domingo de mayo en una casa sin muebles.

Luz en el túnel

Por la mañana, mientras estudiaba, me fijo en un anuncio de empleo y voy tras él. Espero respuesta. En la universidad, ignorante yo de argucias y pitagóricos aciertos, desfasado sorteador de anguilas y luciérnagas; apozado en la más oculta de las butacas de la última fila, para no oír cuando me ven, o reír cuando el sabihondo del curso conjuga con punción, con desparpajo y falsa acentuación, verbos y adverbios sin conocer de analogía fonética ni partos sin dolor ni perras pintas. Sacó un seis de veinte el infeliz. No sé si fue Anaisa o algún mandala, o qué sé yo… los catorce puntos faltantes en la calificación del bocón, mas 5.5 más, cayeron en mis arcas. Frío, como nabo u hojuelita, miro y no miro cuando el profesor me busca y me reclama. No disimulo, el primer sorprendido soy yo, y hasta llego a creer que algo falló en algún lugar que no domino. Pienso, lo hago, desde hoy me sentaré en primera fila.

Tientos y tanteos

Voy de nuevo a la ciudad, bien temprano. Visito una casa que me trae "gratos —gratísimos— recuerdos". Por la tarde, en el inicio del recital de Danny Rivera, otro que tampoco me impresiona. Qué dilema, ahora son independentistas todos los cantantes, para cantar en la universidad. Paso la tarde entera charlando con amigos. Después, Vicente, Miguelina, Julita y yo ante *Las fresas de la amargura*. No me acostumbro mucho a estas nuevas noches. Hace unos cuantos días que volví a la mudada. Aquí si es gris la cosa, los callejones y la oscuridad son el manjar del día. Ni me imagino lo que me espera. No estoy dispuesto a amilanarme ahora. Esperaré.

Cenizas del miércoles

Un miércoles en la vida de un hombre que ahora sabe adónde va, qué quiere. Un miércoles en que, aunque veo desde mi butaca de cinéfilo el desarrollo de la incalificable película que es la vida, me da tiempo para pergeñar unas líneas y parir un articulito y decir cosas de las que pienso debo decir. Conozco la Sala de Redacción Gregorio García Castro. Sigo yendo a la casa grande, algo que hasta hoy resulta común y corriente. Voy al cine de la universidad y desmadejo mis pesares y mediotonos, dejo ir mis neuras por los escabrosos caminos del pensar, intentando descifrar los códigos sin lengua que me regala Nickols en *La Frustración de un hombre*, un filme que me deja los nervios en ristre. Voy rodando, dando tumbos, ultrajando y sufriendo, cantando y llorando. Pero ante todo vivo, mejor que muchos que podrían estar mejor. ¡Qué disparate digo! ¿Acaso creo que descubrí la fórmula de hacer descarrilar los potros piafantes del auriga del verbo encendido, que fustiga desde Palacio?

Retos del rato

Hoy es mañana. Estuve dándole forma a un trabajo práctico sobre la entrevista. Elogiado por el profesor ("Está muy bien"). Tal vez el comienzo, un poco desligado del tema. No termina bien esa sorpresa, aparece el artículo en el periódico y se lo dan a él —Malagón— y vuelve a decirlo, "se lo publicaron porque está bien escrito. Usted puede ser un gran periodista". A la hora de González Tirado, la cosa fue más lejos. Tuve que exponer y explicar ante el curso mis conceptos sobre el mundo contestatario y su retama.

Daliana arena

San José del Puerto sigue siendo una ilusión, sigue siendo un deseo. Sigue siendo algo que deseo visitar. Una sed que no se sacia y me arde y me atormenta y me incita y me llama y me reclama; vital necesidad. Por la tarde, sin más religión que las ganas de subir la montaña, de volver y darme de frente con mis recuerdos, me desbando por esos caminos. Llego y salgo a dar vueltas. San José agoniza. Sus calles, sus barrios, sus gentes. Sólo viven y muestran una velada sonrisa de tristeza, sus flores. San José no es ya mi San José, muere a marcha lenta. Sigo caminando, contemplando, y lo veo llorar por la mañana. (¡Mi Pueblo!) Doy muchas vueltas sin rumbo fijo. Sin punto de partida ni meta. Por la tarde vuelvo sobre mis huellas, tomo la ruta y ya estoy otra vez en mis amados lodazales. Han sido dos días de receso, adelanto y retraso, en esta vida de amarguras. La vida es algo que camina como un reloj mutilado a manos de un agricultor.

My prayer

¿Qué es el amor? Si el amor es alegría, ¿qué son los niños de barrio? ¿Por qué lloran muchas madres? Y si no es ese el amor, ¿es Vietnam o La Victoria? No puede existir el amor. Se marchó. Nixon lo vendió o quizá el auriga. Era azul el amor, ahora trasunta negro. Pregúntenles a los amigos del auriga. ¿Ando equivocado? Hay amor y por amor a ese amor la tarde tiene un sabor plomizo y majadero. Pienso que sería prudente, nada ocioso preguntarles a los coristas, titiriteros y chupatintas de ese mismo, el auriga, amén.

Junio, primavera

Catorce años han pasado —recuerdo— siendo niño, oí disparos. Se me dijo: "Comunistas, barbudos, son rebeldes" ¿Qué significaban todas esas palabras? Bullían en mi mente, frágil ramita en caudaloso río. "Vienen a perturbar la paz, enemigos de la humanidad y la ley de Dios, las buenas costumbres y la fe". Por primera vez, en la vida, veo helicópteros y aviones bombardear. Por la empalizada, escondido, huyéndole al fogonazo y a los perdigones, Manuel acababa de dispararle a la gallina papuja de mamá. Vi el avión atravesar la tarde quieta, asustada por el escopetazo de Manuel. Oí, después, más tiros más allá. Después el viejo radio *Siera* de la sala traería todo el rosario: que vino un muchachito, Pablito; que tiraba más tiros que el enemigo malo, trece añitos; que la leche y las papas se estaban dañando en la casa y mamá quería que pasaran esos infelices para darles de comer, para que no se desperdiciara tanta comida, todos hijos de Dios y, en el patio, el helicóptero aterrizando y destocando docenas de matas de plátanos y de guineos y que tío Toño y tío Félix se fueron con ellos como guías, después huyeron y se convirtieron en chivatos, "prácticos" que dirigieron las pesquisas, y que el Omnipotente y Omnipresente estaba en las montañas con todo su gran poder para librar a la nación, a la familia, y a la Patria Nueva de los que pretendían salvarnos, en fin. Hace catorce años y ¿cuántos no han caído después? ¿Hasta cuándo? Este día discuto un poco sobre mi personalidad. ¡Qué cosa, no sé ni qué, ni quién, ni cómo soy! Total, ¿a quién le importa?

Mugre viscosa y desazón

Mis dedos, ágiles y taciturnos, han pulsado, han vagado, pisoteado, vapuleado el teclado de la máquina. Por recónditos lugares se introdujeron, mente y lápiz, sumisos y fieles, veloces, danzando sobre el papel para plasmar la introducción y conclusión de un seminario. ¿Y de mí qué? Pues, nada. Porque eso es lo que en todo el día hice. Dar riendas sueltas a mis malos ratos que son lágrimas reprimidas. Penurias tan pequeñas —pienso, escribo, farfullo, grito—. ¿Quién dio cuentas de Sanguilla y Mon? No eran asaltantes, fueron asaltados por los que, en su intento por cuidarnos de ellos mismos, ya perdieron todo el cuidado en la mugre de sus sueños y el gatillo alegre de sus manos. Sanguilla y Mon —y es lo que duele— habían dejado una camioneta cargada de ajo detrás del mercado e iban a dormir para venderla luego. ¿Quién controla a los incontrolables del auriga?

Pastel de almendras

Un día sin salir. Escribiendo y oyendo música. Leyendo. Solo en una casona. Veo de nuevo *M.A.S.H.*, me vuelve a gustar. Hasta este momento, fajao con un seminario de Lucía y he tenido que parar el mío. Hasta mañana. Tengo sueño, voy a dormir. Vino mamá.

Azar del azogue

Mi pueblo es una ilusión, es algo y no es nada. Mi pueblo está dormido, hundido, confundido, engañado, maltratado, alienado. Mi pueblo es un niño de Gualey, de Los Guandules, un niño con hambre y con frío. Mi pueblo... ¿es el viento? Es sólo una ficción. Es que sueño, ¿sabes? No quiero que me oigan. Estoy, soy y sigo siendo un iluso. El mundo aún no ha sido creado. Tarde de examen, espero que me vaya bien, mejor que la otra vez. Hasta entrada la tarde con las amigas. Las mujeres son el centro, el eje, de todo movimiento. Y yo, quien me ha visto y quien me ve, pavo impávido a su alrededor.

Otra de espejos

Amiga eres y amigo soy del viento y de la sangre y del fuego que fluye que hace gemir hasta al hierro. A veces viajo y me veo en mi camino. A veces creo que vuelo, floto y me suspendo. Mas no, son sueños, pura ficción. Pensar que me quedó bonito el corte de pelo. Primero, yo mismo, con unas tijeras, luego tuve que llegar al podador. En la universidad, las cayenas vuelven a florecer, Jacinto peina una azucena y el auriga, el auriga en su carruaje, oye que le leen a Ovidio, no hay novedad. ¡Ah, un viaje de exámenes que viene por ahí! Así que, hasta mañana; hay que leer.

Si alguna vez fui bello y fui bueno...

En tanda vermouth, veo *No culpes a María*. No sé si lo que me carcome ahora y me reconcome por dentro es la trama y el juego con los planos o lo otro. Jugando con Lucía entro en contacto con los senos más juguetones que alborotan el alfabeto de las ganas. Tres veces hemos visto *Mi vida es mi vida* y cada vez más me gusta y más me gusta Lucía, en contenido y continente. Trato de ponerla en blanco y negro en mis cuadernos deslustrados y no encuentro frases... *Siempre estoy empezando tu poema...* Paso con ella tantas horas, damos tantas vueltas y, cuando solos, apretados, bailamos y nos abrazamos, siento bullangueros sus pezones que me quillan la calma y los recuerdos. La música, el cine, algunos libros y Lucía, llenan mis ratos de aguaclara. No soy el que he sido hace unos días, sólo me jode que el auriga mantiene firmes las riendas de sus desbocados corceles de fuego y apasote, qué rabia.

Pizza y perejil

¿Quién debe integrarse? ¿La sociedad a mí o yo a ella? Después del examen, obligada: *La Cotica*, las cervezas y las chicas. Por algún rincón sale el tema, se discute y me cuestionan, quieren saber, las intrigo tanto yo que ni yo mismo puedo responderme una pregunta sobre mí. Mi ser, tema supremo, cumbre vital de los estados y las naciones soberanas. Sonia sostiene que este carajo raro y taciturno, un tipo tan solo y tan jodido, sólo ha ido a la cama para dormir con su almohada, que no ha sudado otros sudores. Bueno, el examen de Introducción me traicionó. No estoy muy seguro, es posible que lo repita. Confuso y contrariado, me he propuesto lograr buenas calificaciones este semestre, pero tan entretenido como ando ya ni acierto ni pego una, mejor el cine y *La balada del desierto.*

Melón de agua y cortaplumas

Me desenamoro. Olvido todo, ya no importa. Oriento el rumbo hacia las cumbres de mis sueños, sueños truncos. Doy una y todas las vueltas, buscando como un loco lo que no se me ha perdido, me doy a contramano con la realidad y la impresión que me causa mi ajado óleo de lo absurdo. Trazos despistados trazan pautas de unas huellas dispersas que se pierden en la niebla de los días. El parque y las muchachas rondan sueños en las esquinas de las horas, el cine posa carteles desolados. Soy la vuelta de la noria y la noria, seca y gris, titila en las fogatas a medio apagar. No hay gangorras en los estantes para rehilar los trompos, la desidia y el desdén lucen pancartas y proclamas. Camboy bufa en el bar y, en *El Josefina*, Raphael, desdibuja una melodía achacosa y cansona. Jato ya no asombra con sus melopeyas y fanfarrias, tal vez Olegario tenga nuevos viajes por los caminos lacios de la tarde. No veo a Chuple ni a Moncito. Aquí tiemblan los pétalos más tiernos y los insecticidas son una sinfonía mostrenca de aspavientos, el sol quema a escondidas, Miguel canta en el Anacaona y es tan poco lo poco que se puede hacer. La noche es una fiesta que se pierde y no logra afinar ni encontrar la melodía, el norte se salió de centro....

Cuaderno 3

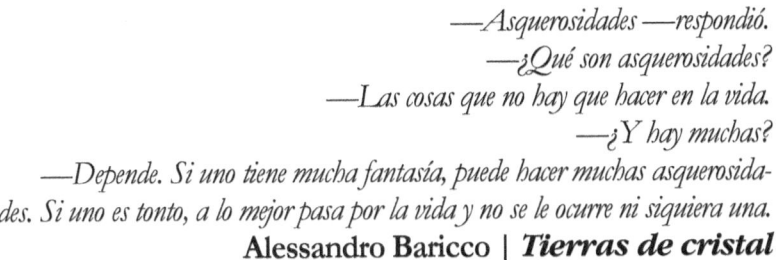

—*Asquerosidades* —*respondió.*
—*¿Qué son asquerosidades?*
—*Las cosas que no hay que hacer en la vida.*
—*¿Y hay muchas?*
—*Depende. Si uno tiene mucha fantasía, puede hacer muchas asquerosidades. Si uno es tonto, a lo mejor pasa por la vida y no se le ocurre ni siquiera una.*
Alessandro Baricco | *Tierras de cristal*

Dulce bebedizo

Hoy es un día en que las flores han florecido para mí, el sol me sonrió. San José del Puerto sopla un corno loco, manso y afónico. *Por fin mañana ya lo tengo decidido, podré decir... por fin mañana... y los mil besos que yo llevo entre mis dientes ya no los callaré...* Temprano comienzo a deambular por las calles, con ansias de ver la nueva luz que azulea en las rigolas más íntimas y despobladas. Sorbo a sorbo voy por los charcos del amanecer. Hablo y doblo los codos de las cortapisas, Laura ha llegado ni se sabe cómo. La veo, lo sé, estoy consciente de que la veo. Laura salió con los geranios más locuaces de la nada, apropiándose del aire y la mitología. Laura llegó con la llovizna y sin paraguas, ensopándome la tarde, pintando melodías con el piano de sus ojos y su risa. Bailar, cerca, muy cerca, uno del otro, los dos. La soledad, inquieta y trémula, se espantó más allá de los sembrados, susurrando quedas frases unimembres, pluscuamperfectas, y en almíbar. Laura no para de castigar mis arrecifes de coral, mis madrigueras; Laura me insulta, y desanuda mis defensas. Ella es así, dueña y señora del alba y sus pinares. Laura de amor amanecida.

Bridas sin mando

Tireo fue un día de recuerdo y un año de angustia. El río, con la paciencia renegrida de caudales, soltó la furia loca y comenzó a desalambrar. Abrió de par en par los horizontes, le asestó mil puntapiés a las fronteras. Se llevó el bosquecito de los Báez. Entró en lo de los Mota. Salió por lo de Augusto y se llevó de encuentro el viejo puente de La Secadora. El río, sin pensarlo, se reveló contra El Catastro. Mandó a paseo a los agrimensores, topógrafos y demás burócratas de la mensura y los bienes raíces. Ensanchó el valle y la vista, que ahora se pierden, más allá de los sembrados. Son los asomos de las crecidas huracanadas de la temporada y Laura que me espera ya en el parque. Redacta conmigo la crónica y luego la escucha quedito junto al radio. La cancha, por la tarde. La noche se funde en la cadencia de temas que se pierden al pulso de los tactos inseguros, buscándose, encontrándose. Labios que son canciones que nos cantan o nos cuentan la palabra amiga en una vellonera que se va, vuelve y retorna en los silencios que lo dicen todo. La noche es un consenso y no hay estrategia que valga.

Torpes dribblings

Después de una perra noche, tomo mis útiles y pongo proa hacia el fin y principio de mis desvelos. Nadé y naufragué sin vela y sin alforja en otras aguas. No Laura, por lo menos a ras de piel, porque en la sesera y en las papilas no dejó un momento de latirme su recuerdo. Anteayer bajé hasta Santa Sofía del Valle, jugué con el equipo, en representación de San José, en los Juegos Provinciales. Deshonrosa la derrota, pero yo, honor reconocerlo, ni siquiera lo noté. Estar, no estaba ahí. Todo no ha sido más que un rosario de contrariedades: la ausencia de ella, la ausencia de planificación, la desidia y el desdén. Duermo y como, si es que se puede decir algo igual, en las más precarias de las condiciones. No hago otra cosa que estar ausente. Ausente hasta en el único juego en que veo acción. Temprano, después de varias aventuras en el camino, vuelvo a ver la luz de mi retorno. Por la tarde, con ella, doy varias vueltas por las calles. Por la noche, a la salida de la emisora, sin destino, enrumbamos los nortes de la noche y los sentidos.

Tramo roto

Recibo el diploma de participación en los Juegos Santasofianos, no sé por qué, tampoco me lo pregunto, no hace falta, no tengo tiempo para preguntar, no tengo mente. Doy muchas vueltas sin rumbo, sin destino, trato de descifrar lo que quedó de la noche de anoche. No puedo recordar si había luna. Hacía frío, mucho frío. No había llovizna en el ambiente, algunos tragos sí. Canciones, chispa, complicidad y la más lúcida locura. La noche era una pista multivías. La noche andaba suelta como si tal cosa, y conmigo, Miguel, Fabio, Freddy, Coki, Shira (uno y el otro), José Romero, Alcides, Nelito y un grupo más se internaron por los rieles de la serenata y sus alrededores, la noche se les fue de las manos. La alegría se fue en banda, colindando con los territorios del adiós y el desgobierno. Hoy, averiado, adolorido, atolondrado, solitario, taciturno, cabizbajo, vuelo bajo, dolido muy dolido. Laura partió ayer.

Jarabe de palo

Una canción reguila en el vacío. Se va a contramano por los yaraguales de El Cercado. Un bisturí, una hipodérmica y algo de zeta-o, mercurocromo y violeta genciana flotan en el ambiente. Digo trentitrés y me suena en la caja del pecho una pena aciaga y taciturna, una antitetánica y un pringuito de *Sal de frutas Epson* o de *Emulsión de Scott, Wampole* que pudiera degenerar en la inolvidable imagen de Tía Negra con la chapita de naranja en la mano izquierda y, en la derecha, la infaltable cucharadita sabatina de aceite de ricino o zumo de apasote. Ha muerto el doctor Céspedes. Sobran palabras. Hace falta música, mucha música y trinar de pájaros y verdor de pradera rompiéndose contra el horizonte cansado de azul que se pone pálido de dolor. Ha muerto Pedro Céspedes —padre, ¡qué pena que no el hijo!—. Estoy en la emisora soltando al aire todos los duendes del dolor, hoy la música tiene otro sonido.

Bienaventurados los camaleones

Mil proyectos truncos. Mil sueños idos a destiempo. Mil castillos de arena me cubrieron el rostro. Todo se vino abajo. ¿Por qué se hacen silencios? ¿Por qué no ondea cristalina y transparente el agua que se bate? ¿Por qué siempre los mejores momentos tienen que acabar así? Desde hace algunos días trato de engancharme en el departamento de composición de *El Sol*. No tengo la dimensión de esta experiencia. No atino a vislumbrar la magnitud de mis alcances tan pírricos y aguanosos. Pude haberle dicho, cuando lo tenía de frente, mirándome sin mirarme, atento a sus asuntos, que detrás de cada lector, si es un lector, hay un cimarrón agazapado, descodificando el signo más allá de la masmédula, más allá de la *Galaxia Gütenberg*. Era breve el período, pero el tiempo estaba a tono para haberle contado de la colección de libélulas secas y sus recortes, uno a uno recopilado, fechado y grapado en un cuaderno amarillento y sobado o de sus poemas o de una de sus ponencias o sus frases cortísimas, punzantes y cabronas ("*El Nacional* de antes", por ejemplo). Me sorprendió su estatura, su melenita del sesenta, sus sandalias con medias de nylon. Una foránea sensación *Van Heusen* me pobló los sentidos, en especial el tacto. Creo que lo mejor que hice fue no decirle que era uno de sus más enfebrecidos lectores, y que no sabía si me gustaban más sus poemas que los de León

Felipe. Lamenté toda la tarde no haber podido contestar afirmativo y tajante a su inteligente pregunta:

—¿Sabe poner palitos, Poeta?

Menudo para devolver

Hace varios días he vuelto a leer. No deja de rondarme el mal sabor de aquel desplante: debí responderle que, de palitos nada y que, en cambio, sabía muy bien (González Tirado podía dar fe de eso), las reglas correctas para marcarles las tildes a las agudas, graves o llanas y esdrújulas. En otras palabras, además de ponerles los palitos a las eñes, tenía suficiente aptitud para corregir los cables que llegaban por los teletipos, sin tener que creerme dueño absoluto de títulos de refranes, Poeta. Hoy no la vi, no la oí. Cada día voy más atolondrado. Cada día más hondo me punza en los cuatro costados. Quiero, cuando está junto a mí, que el tiempo apague sus motores, detenga su marcha. Me tiene loco, raro. Me agarró *La mamma*, de Puzo.

Falso piso

Otra mañana de libros. *Los mohicanos de París*, o un Hugo que en vez de hacerme huir, me empuja hacia la arena del placer con el que los dedos sacan agua seca del papel mojado. Sigo componiendo noticias en *El Sol* sin ver ni un rayo de la luz de un peso. Trato de navegar por las crespas aguas del poema, y la pluma, potranquita loba que corcovea, hamaca y tensa un paso feraz y ausente, me rejode las fuerzas. Estoy hecho un solemne desastre. Después del despido de la tarde, la oscura claridad de *Dos mil uno* fue compinche de los abrazos, del baile. El Malecón, la noche, que llegó sin avisar, testigo de lo que ni se dijo.

Love child

Al final de la tarde, encamino los pasos en pos de un moribundo sol, para que sus rayos me rozaran la piel. Hablo con ella. Me pierdo en los parajes de la miel o el guarapo recién salido del trapiche imaginario de mis selvas y mis laberintos. Su voz nace del viento y del río o del río de los vientos o los vientos del río, suave cascada o murmullo delicioso, vivificante néctar diario de la felicidad. *Lady sings blues*, en el Santomé. El día no parece tener un nombre que guarda para mí tan triste recordación. Hoy, la alegría no me soltó ni un momento. Hoy, lo mejor es callar y tratar de no opacar lo magnífico y valioso del día que me ha tocado vivir. Es mejor callar, las palabras pueden lograr que llegue a los lodosos pantanales de lo insulso —que si no he llegado estoy a poco trecho—. Callo de una vez por todas. Por hoy.

Copia prestada

Comienzan las clases. Me encuentro con una parte del clan. Pasó mi cumpleaños y he hecho tantas cosas: subir y bajar montañas y caminos; rabiar la pena de no poder conmigo; dejar olvidado en cualquier rincón el traje de Cruzadito del Niño Jesús; ver con otros ojos a las primas; manosearme como un maldito en lo más recóndito del patio; colgar el hábito de Franciscano Capuchino; pintar y colgar consignas en calles y callejones; andar y desandar distancias con Manolo y Jon Sebastian, moto en ristre; amar y desamar como conejo; oír y desnucarme con los Beatles, los Rolling Stones y Led Zeppelin; robar y colectar paquitos de Archi y Superman (y amar sin piedad a Luisa Lane, a Superniña y las mujeres de Fantomas); manchar y luego desaparecer revistas con Alexandra Johnson y la Ronzino y, sobre todo, en los últimos años de estos veintitrés cumplidos, odiar al auriga sobre todas las cosas. No importan los cinco o seis apagones por día, Laura fue conmigo todos estos días. San José del Puerto ha vuelto a ser escenario. Estoy de vuelta en el aula, me vence el sueño o no sé qué. Abandono las clases y me veo en *Sueños de seductor*. Esta mañana, de regreso, tomó uno de estos cuadernos, lo tiene con ella. Me abandona la luz. ¡Falta que me hace!

Cuaderno 4

*Siempre violo los compromisos, rompo las promesas y miento. Además veo el
amor y la realidad con demasiado sentido poético, creo que ninguna universitaria
de este mundo está peor que yo, el rector
de la Universidad Fudan debería anular mi diploma,
el presidente de la Asociación de la Fantasía debería decir mi epitafio, mientras Dios ríe y se corta las uñas.*

Wei Hui | *Shangai baby*

Baya y mansa, corcovea la mula

No hay nada raro ni nuevo. No clases. *No delatarás* me golpea hondo, muy adentro, abandono la sala en un *travelling* sin fondo, sin rumbo. Doy vueltas con Angelito y, manso y modoso ahora, me aprestaba a leer cuando llegaron Carmen y Luchy (me salgo, me voy muy lejos hacia atrás, al más tierno y ocioso San José del Puerto y las gallinas pastando por los patios del amanecer, los limones dulces, las cañas que sin sentido pelaba Chago, precisamente Chago, esa especie de *utility* del equipo, lo hacía todo, por el amor de Madrina, las palabrotas que soltaba, su ancha y bien cuidada boquerota, siempre solícito, siempre dispuesto, *Boy Scout*, el que achiquereaba los becerros, el que maneaba las vacas y sorteaba los chivos, y el que, al menor descuido, manoseaba sin fronteras: hembras, varones, a todos). Hacía tanto que no las veía, por lo menos a Luchy. Pudiera seguir leyendo o llamar a Laura. Mejor me escapo a *La Cotica* con Miguelina, Aura, Sonia, Xiomara, Marianela, María, Carmen, Marcelo, Luis, Luis, Yulis y otro desconocido. No fue la gran fiesta. Pudiera decir que fue un tanto pendeja. Tanto que ya ni me acuerdo quién cumplía años. Quisiera dormir. Quisiera matar a uno de los corceles del auriga.

Otros pastos, otros vientos

Hoy, la mañana me sorprendió con la sonrisa más espontánea de Laura. La Biblioteca Nacional abrió sus folios y manías para que hojeáramos las más frugales páginas de la ternura y el desquicie. La mañana se hizo corta, se nos escapó de entre los dedos y el deseo. Quisimos detener el tiempo, potro desbocado que se desbarrancó reloj afuera como expreso de la línea retrasado y fuera de madre. Leo, leo mucho y eso, quizás, sea la fuerza que me mantiene alejado de la ociosidad, del medio. He vadeado malos trechos estos días. Ayer terminé el primer tomo de Dovifat y hoy, el segundo. Me mantiene atrapado, embobado, iluminado, asido a sus luces Albert Bayet y su *Historia de la libertad de pensamiento*. Me fascina Oresme en su tesón por revirar la torta. Oresme el precursor, y ese Copérnico de mi culpa. Pienso que, ahora y aquí o aquí y ahora en este instante, hace falta un pringuito de la fuerza y el amor de aquellos tipos para darle un giro, otro trasluz a este aposento angosto y sucio donde el auriga y sus áulicos, aúllan y embarran hasta la nostalgia. Seguí leyendo. Música. Leer es viajar por rumbos desconocidos, es descorrer velos y cortinas y contemplar paisajes que ensanchan la carpeta de los sueños, que llenan de luz y rebeldía. Y eso es lo que, en estos días hago: leer. Voy a la universidad y su cine: *Belle de jour*. Algo extraña. Como el día, como los días grises que soplan estos vientos.

Nieblas del riachuelo

Contemplo la lejanía del ser. Estoy y existo. Estoy, veo y oigo que no soy nada, que no tengo nada, que lo ignoro todo. Paso. Miro. Me miran. Me gritan. ¿Soy? ¿Estoy? Luego, existo. ¡Bah! Qué día. Leo. No leo. Asisto a clases. No sé de ella. El ritmo de la lluvia acelera el mío. Total: me mojo. Y vaya "mojá", "comunpollito". La tarde es para leer. Me siento sin fuerzas, un poco acatarrado. Tarde lluviosa. ¿Cómo fue hace un mes? Pocas ganas de pensar. Algo de lectura: *Introducción al periodismo*, *La segunda oportunidad*, *El periodismo y la novela contemporánea* y *En estos días* pienso tantas cosas y, mejor, no digo nada. No aguanto más este silencio. ¿Qué pasa? ¿Por qué? Hay fuego aún, que arde y fustiga. Entonces, no es posible que el mutismo se apoce en las estancias.

Su mano fue en aquel tiempo...

Al fin, se cruzan las voces y dos carriles de sentidas emociones que se encuentran y estallan como claveles, como luz que engendra toda la melodía, toda la música que puede parir la luz, ese disco gigante que nos sonríe abierto y loco de la pasión de vernos o presentirnos en la ruta. Desmitificados los mitos y, vacía de penas, de chismes, dudas y temores, se despejan las mentes. Brilla el sol. Es maravilloso y no es bueno adjetivarlo mucho. ¿Soñar en sueño? Quién sabe. Quedar mal es ya constante en mí. No quiero justificarme. Lo odio. No es mi fuerte. Ando un largo tramo. Acabo de regresar del Club Universitario y me duelen los pies. ¡Tantos deseos de verla! Seguir leyendo...

Palo mayor

Live and let die! Quise, todo el día, llamarla. Quise hablarle, verla. Anoche la soñé, pero, Calderón, superficial. Quisiera verla y verla y despertar y verla sin sueño, mía y conmigo y ahí, allí y donde sea, ella y yo. *Flash-back*. Hoy hace un mes, un lugar, en un parque y una canción pespunteándole los bordes a la noche, se fue la luz. Solos dos. ¿Qué sucedió? Llegó el recuerdo. Llegó la luz, los atabales de Tagó prendieron nuevas candelas y, después, *Tiffany Bar*. Chica y muchacho.

La evasión. El lugar. Lo maravilloso. Lo mágico y real. Todo. Hoy, apenas, hace un mes. De vez en cuando, sólo de vez en cuando, le caen agruras al recuerdo. Timbra el teléfono, y un hilo cruza mares llenos de confluencias y afluencias. No puedo escribir. No tengo ganas. Seguir leyendo es lo mejor —se impone—, me evita salir a deshojar margaritas.

Pluma fuente

Hay días en que todas las malditas vainas me salen al revés, todo se pierde, se extravía. Que... el lapicero, un trabajo. Tá bueno... mejor no recordar nada. Nadar en aguas turbulentas y ceñudas de un agitado día, sería entramparse en los fangales o morder la agrura que se anida en la hermosa tersura de los pétalos de las lilas. Total, la tarde no estuvo del todo mal, al menos, la tarde universitaria que se perdió en la bruma como un espejismo y me dejó cabizbajo, en mi guarida, buscando y no encontrando todo lo que no se me ha perdido, incluso tú.

Novia robada

Me gustaría ser como él: poeta. Pero, por desgracia no me tocó nada de ese don.

Le dañaré esta hoja sólo porque quiero que este día tan esperado (por mí. Y para él?), para vernos, no pase por alto en este cuaderno.

Hoy el Santomé *ha sido nuestro refugio (Again). Ojalá poder estar siempre. No crees?*

Ahora, esperar a mañana para oírlo otra vez.

Yo.-

Desmedida mesura

¡Cuánto hablar! En eso nos pasamos el día entero. Recordamos otra vez el pasado, y me parecía estar viviendo cada uno de los momentos. Desde luego, no se lo hice saber porque iba a ser demasiado. Gocé una balsa.

Pela de ruda

La mañana la pasamos bien, pero creo que por la tarde el domingo se tornó aburrido y feo. Los planes se fueron abajo, no sólo por mi parte!

¡Ah! Quisiera darle mis excusas por algo que me dijeron cuando llegué. A lo mejor se le haya olvidado, pero considero que debo recordarlo.

Pregunté si me había llamados (Qué fisna). Entonces me contaron lo que dijeron o preguntaron. No sé. Esa señora hacía años que no venía aquí, pues ella no sabía nada.

Coco seco

Nada.
No me llamó.

Otoño en fuga

Extraño como miras el presente,
recuerdo lo pasado que pasamos.
¿Cómo estás?
Sembraste de canciones las paredes;
dejaste para siempre tu perfume entre mis dedos.
Se fueron muchas hojas, muchos otoños,
quedan nuestras huellas
(dolores de cabeza para arqueólogos del mañana).
Hoy, ya ves, le sigo fiel al viejo árbol.
Soy algo ayer. Mucho mañana.

Sabes, camino acelerado por las horas
y las puertas del tiempo me alejan de tu ayer,
no es como antes, el brillo de tu pelo, tus ojos

                                        /y tu boca.

Ahora, aunque te pienso,
los hombres somos carne de cañón;
la vida crece y se acorta, hay que decidirse,
sembrar canciones, tomar el vino agrio de la hora.
Ya ves, no es como antes.
Hacen falta tus ojos, mis ojos
y otros tantos para mirar al frente, tomar tajada,
untarse con el jugo del presente,
laboratorio de nuestros sueños niños.
Pisamos el umbral, no hay chance
para el comadreo de hadas
y solitarios con caras florecidas en las montañas.
Lo ves, la era nos pide ser grano de tiempo,
estar con él y germinar.
La hora de elegir llegó.
Apenas un segundo más,
quedamos fuera.

A Day in My Life

¿Por qué no hacer un recuento de todo? Pero, han pasado tantas cosas. Tantos malos momentos. Cuántas veces inventando no pensar. ¿Por qué? Porque me dolía algo muy cercano y muy hondo. No atino, no acierto a botarlo, a echarlo fuera, entrar y salirme de adentro y buscarme en lo más hondo la pena o el dolor. Haber bebido el fuego en su más pura aserción, sin aditivos; pisar con pie firme sobre los bordes del barranco y ver la luz más clara y limpia, en los pasajes más oscuros y sórdidos de la turbina de la noche, es despertar sin que haya amanecido. Cómo duele reír y pensar que alguien no baila en mi ritmo y no río. Hablar de lo que hice en estos días es, sería, absurdo, sería infringirles heridas a estas páginas en las que ella está presente en cada línea. He pensado tantas cosas. Mejor... ¿Existo? Todos estos días, me anduvo un muerto entre las venas y la neblina y el sopor entraron y salieron como por su casa y, tal vez, aunque quisiera, aunque hubiera sacado fuerza para querer, no hubiera podido escribir ni describir esta hueca sensación que me corroe los sentidos. Será mañana cuando empiece a escribir porque... estaba muerto.

Bisturí de cuatro filos

Doce días vagando lejos de mi ser. Doce días que soy y que no estoy. Hoy vuelvo a hablarme y no me abandonaré —me clavo las uñas y me sangra el juramento—, nunca más. Aunque me lo pregunte, no encontraré respuesta a mi actitud. Volví a San José y, como lo imaginaba: duele. Quise huir de mí y me refugié en mis más dolidos adentros. Quise huir de un pasado reciente y me escondí en el escenario. Soy, sin más, víctima de los recuerdos: el tablero norte de la cancha ya no está, se desplomó; Jato no canta, no ha vuelto a cantar, ignoro quién se lo dijo: *Fuiste mía un verano...* desviaron la rigolita limpia y sinuosa que pasaba por los lados de La Boca; un lugar, el lugar, el parque, el viejo roble se secó; Olegario, sin astrolabios ya, sin mapas ni bitácora, se niega a reincidir en la Vía Láctea; de la rabia, o de la pena, nadie sabe, Chuple ha vuelto a ver y otras pendangas. No tiene el mismo sentido la canción rayada del cine *Inés*; la piscina puede secarse en cualquier momento. Quisiera correr y no puedo. Hay un duende triste y remolón que destocona, torna y vira todo. Si no fuera por eso, si no fuera por la pena...*lo cierto es que no está.*

Giro sin trompo

Martes 13. Un gato negro me cruza por delante y me esquiva. Hago pininos en la radio: escribo textos para una sección en *Noticiero Unido*. No doy bola como reportero. Fijan exámenes. Hay que fajarse, y duro. Quiero hacer una cosa. Quiero hacerme el hipócrita. ¿Por qué decir que no pienso? ¿Por qué tratar de ocultarlo? ¿Por qué? Voy a la universidad (a cada instante, algo que veo, la piensa, la recuerda —qué puedo hacer— y no sé qué hacer). Río para disipar. No estoy conmigo. Estoy y no estoy.

La cantarella de los Borgia

Hoy, sin brújula el día. Han pasado tantas cosas: la policía mató otro estudiante en la universidad. Hoy termina para mí una época color rosa. Hoy me entero que ya no sueno en su frecuencia. Dijo adiós y, sin muchas ganas, dije lo propio. Sin fuerzas, sin aliento me salió ni sé desde adentro de dónde el más desgarrado y dolido adiós. Está bien, está bien. No hay por qué, no hace falta aquí, ahora, soltar como demonios los perros del dolor y el desamor. Que vengan ellos, los maestros, los que saben: Odilio González, Amalia Mendoza, Toña la Negra, Olimpo Cárdenas, El trovador Codina, Raúl Marrero, y sobre todo, los más dolidos, los duchos, *summa cum laude* en lágrimas y desvaríos: Cuco Sánchez, Javier Solís y Gilberto Monroig. No tengo nada qué inventar ni qué decir, seguir apurando *La copa rota*, desangrarme con José Feliciano y alguna que otra de las canciones para estos fines de Estela Raval o Monna Bell, lo aconsejable, tal vez. Esperar, si quiere volver. Mientras tanto les pongo letras a unas canciones que limpien de la capa del auriga toda la sangre de los héroes, y lo envenenen.

Mojado, sobrellovido

Hoy, Bosch renuncia del perredé y forma el peledé. Naderías, mucha nadería es lo que sale de mí. No tengo mucho qué decir, frente a todo lo que tengo por hacer y no le atino al comienzo. Llevo un sistema de vida tan desbocado y ruin que a cada tanto, oteando el horizonte, encuentro que no me encuentro, e ignoro el rumbo que me lleva o me trae desde dónde hacia donde. ¿Cómo? Voy a la universidad, algunas clases. Tengo que estudiar y tratar de reintegrarme a las aulas y dejarme de seguir cultivando geranios al amanecer. Todos estos días los paso sobre el camino. Voy y vengo a San José. Avanzo y retrocedo. *La luz de la tarde venía de ti, cuidabas las flores... y tú me llamabas y me dabas de tu pan... soy pobre del mundo, mendigo de Dios, manchado de amores, ladrón de calor...* Vuelvo, me interno, me engaño, sabiendo que estoy, pero no estoy leyendo *Los*, tantas veces interrumpidos, *funerales de la mamá grande.* Aunque no lo quiera signar, siempre ando rondando esos contornos. Ignoro si ella me ve. Siempre, hasta hoy, no sé mañana ni pasado. A veces la veo, siempre está presente.

Piano, piano, piano

Como (siempre intento empezar con la palabra que llega primero) el día así lo indica, la luz me abandonó. Es decir, un día pálido, sin luz. Máquina. Unas vueltecitas por los enfangados callejones, aunque nunca llueva, siempre hay lodo. Escribo. Mi fuerza de voluntad, ¿dónde está? ¡Quiero dejar de fumar! Hace diez meses que entré por esta puerta de mis días, tengo cada noche un flumen, un canal por donde descargar mis iras. Alguien que me soporta. Ajadas páginas rayadas de mi mal del tiempo. Hoy es sábado y estoy cansado de hacer nada. Cansado de descansar. Pero en el fondo pienso que los días no son vacíos. ¿Por qué? Tal vez por las cervezas, por Lucía.

Las cortinas del palacio

La tarde estuvo muerta. No me siento bien. Líos y más líos. ¡Qué pendejá! ¡Otro examen prorrogado! ¡Mentiras! ¡El mundo está plagado de ellas! (¡Otra más no importa, no hará que no gire la tierra —si es que gira!). Voy bien, tranquilo. Bosch y su blanca palidez son el tema del momento. Un examen me maltrató; maltrataré a otro. No puedo cogerle el piso a este semestre. Mi fuerza de voluntad, ¿dónde está? Los estudios, los cigarrillos ¿qué pasa? ¡Tengo que esforzarme! Y, luego de este reencuentro con Brando, podría decir cualquier frase unimembre (¡Supervo!, verbigracia), cualquier sandez para que esta *Jauría humana* me proclame, me ensalce y acceda, crítico, pírrico y petulante a postular y recomendar, por pases (no por poses ni colecciones de posters de la Monroe, la Hayworth o la Lollobrigida), la fina, la naricita, la santa, la perfecta, la hacedora y maculada bienhechora de las pletóricas, melódicas —que no bucólicas— "esnifadas" del auriga en las vulvitas quinceañeras que les ceban sus corceles y amanuenses de mancebía.

Cuaderno 5

No nací para manco.
Y andar de manco sin haber estado
siquiera en Lepanto es cosa de pendejo.
Alejo Carpentier | ***El recurso del método***

Madrugada remota

Al parecer, los domingos no me han vuelto a golpear. No me aturden como antes. Hace varios que no me provocan ese sopor y ese descosimiento de alma que me llevaba por las horas como un perro sin dueño. Salgo a la calle con planes y matices definidos. Le doy todos los sesgos y vadeos que la tarde me pide. Por un momento, sólo por un momento, intentan retornar las tiñas de la duda y el dolor. Pero no les doy albergue, me parece aburrido. *La vida sigue su agitado curso*; en cambio yo, tranquilo y anheloso de ser yo, oscilo. ¡No me satisface esta perdedera de bolígrafos! Pues sí, muchacho. Como te iba diciendo, la vida sigue... Hago lo común y corriente. ¿Qué más puedo pedir? Por más que intente lanzar piedras e improperios contra los gendarmes y aguafiestas, las ondas hertzianas, las heces y el aliento soez del auriga me alcanzan, me corrompen y me distraen. Tengo que hacer algo, tengo que sobreponerme, gritar. Tengo exámenes mañana, leer no estaría nada mal.

Libro muerto

Todo sigue igual así, así. Muy agitado, muchos trabajos, los estudios no los atiendo ni entiendo como el semestre anterior. Los cigarrillos. Otro examen suspendido. Todo tal y como ha estado. Nada me inmuta. No soy ni lo que rebuzno, ni sé lo que soy o seré. Las ideas no quieren danzar sobre el acerado y filoso salón de las puntas de mis lápices, no sé por qué. Mi fuerza de voluntad no es fuerza: ¡es mierda! Todo sigue igual y nada es nada. Hago lo común y corriente. La vida es un punto suspensivo. Yo, otro. Raudas se van las semanas. Pasan los días como horas, las horas como segundos. El año llega a su fin. Casi muere. Movilización en la universidad. Hacía tiempo que no saboreaba el dulzor amargo del olor de los gases apestantes. Trotar algunas calles y contenes con Luis me relaja un poco, me distrae. Justo es que ahora sienta adoloridos los pies y esté algo agotado. Tal vez hasta un poco aceleradas las pulsaciones y no tenga ganas de abrir libro alguno. Ha sido un agitado día.

Inventos que me invento

Volvió a ser domingo el domingo. Lo siento y me siento así, sin estar en mí. Apaleado, vapuleado, atontado y sin fuerzas. Vagos deseos y ganas de nada; cansado de descansar. Ocioso en la ociosidad, voy por una senda de sombras y no sé de mí. Invento refugiarme en los recuerdos y no me atraen, no me provocan ni gracia. Estudio un poquillo. Confuso en los rincones de la tarde, soy pasto entre las fusas y semicorcheas de la radio ciega. Leer, hace varios días que no es posible. Voy así, como hace mucho no estaba, con la respiración forzada: tengo gripe. ¿Qué sobresale? Anoche, a las 0:30, todavía andaba despierto, viendo *Un dulce paseo*. Difícil conciliar el sueño. Sigo vegetando por ahí. Ahora suena *Stormy*, del 68, sube el pulso en las venas y, con la oscuridad, llega la fresca.

Negro eterno

Un día gris azulado, bajo un techo con paredes. Todo en calma y sopesado. Leo poco por la mañana y una tarde vegetativa. Casi no disfruto de lo que siempre tengo en domingo, la buena música. Pero, qué diablos, el aburrimiento ni por asomo apareció por los contornos de la tarde. Me acabo de lluviar. Después de ver a Paul Newman, en *El Hombre*, intentaba, pretendía, eso quería… continuar leyendo a Puzo. Paciencia, tranquilo, manga mocha. Así, calmado, gracias a la luz lunar, podré culminar la frase, punzante, de las buenas, contundente, halagadora, mi mejor homenaje para el auriga: ¡Fua!

Argonalia

Camino San José del Puerto. Sus calles y su gente siguen como antes. Todo está tal y como…como debe estar, así. Vago. Me interno, me pierdo y no me encuentro por ahí. Bailo un poco. Voy de serenata con Castro y Frank. Y por primera vez, al fin, acierto y estoy a tiempo. Lo tengo frente a mí. No quisiera creer lo que dicen mis ojos. Escrito está: cada tres años, el 22 de diciembre a la 0:35 de la madrugada arriba al plácet del Pantuflas la nave de las diosas. La toco y no la veo. La veo y la siento, y me aposento allí como un demente. No quepo en mí, perdido en la distancia, la espesura y el fulgor, batiendo el viento, ensopándolo de luz, la negra cabellera de Mahite, negra, mulata de un bronce extraño y dos brasas frías, lacerantes, hendiendo la noche con el filo de su voz de mando, capitana. Me embruja Helena, reina de las esclavas del placer, no dice nada, no habla en cristiano, alta, nórdica, acerada, imponente, me desnuda de un tirón toda la paz con los dos mares que se sacuden, quieren juntarse, rápidos oleajes, plácidas cejas. Penetro allí. Bienvenido y castigado. Ungido. Uncido y otra vez castigado. Floto fuera de mí. Levito, cabalgo, jineteo y espoleo con saña y con fuerza sobre las herniadas gónadas del auriga hasta que las veo sangrar, manar sucia sanguaza. Desinfladas, mustios hongos.

Pie de amigo

Fríos los días y las noches, la gente, el pueblo. Vegeto. Tomo cervezas, fumo poco. Nada me llena, me conforta, me atrae. Es San José un sueño inconcluso, incoherente, insulso, un sueño que se pierde más abajo de La Confluencia. Ayer vi a Jon Sebastian y a Aura. He tomado muchos tragos y, de nuevo, me dejo dominar por el humo, qué pena (¡qué pendejá!). No me agrada el ambiente y voy... estoy girando sin saber en mi nimbado limbo. Me aturdo, pienso...Dentro de poco morirá, le quedan tan pocas horas a este viejo año. Hoy, dos corceles del auriga, ateridos de miedo y de sevicia, me obligaron a hacerle compañía hasta la fortaleza. Más que preso, estuve detenido. En el cine me atraganto nauseabundo purgante y, entre rabioso y desganado, frente a esta *Pandilla del infierno* pienso, deseo y llego a anhelarlo con pasión, con fuerza y más rabia aún, que no estaría mal, que caería bien, qué bueno sería, si apareciera alguien capaz de montar una igual, terrible y mercenaria, maldita y despiadada, aunque no fuera audaz ni absurda ni loca ni visionaria, sólo malvada y pendenciera, capaz de barrer con lava y fuego, como tal vez lo diría Palés Matos, toda esta acotejada monotonía. No se puede inventar, no tengo ganas de leer ni de soñar

Mandarina ausente

A tres días de un nuevo año. Otro año más. La mañana la dedico a pergeñar un monográfico de historia y no avanzo nada. Después de haber durado la gran parte, casi todo el día, vuelvo a fumar por la noche ¡qué vaina, coño! Doy varias vueltas y por la noche, no encuentro qué hacer. Pero no me siento tan aburrido. No me da lo que me daba. Me voy por ahí, me siento en un banco con Miguel... y sin desmayos, nadamos por las aguas del recuerdo, la secundaria, los monaguillos, los *Boy Scout*, el periódico, los chismes, las tardes en el parque debajo del viejo roble, el pelo largo, el rock, el cine y los muchachos, ay, los Manolo, los Juan Danilo, los Paco, los Castro, los Olé, José Ramón, Danielito, Alejandro y más.... Tirar, igual que ayer, varias bolas en la cancha (¡qué malo estoy!) Girar tantas vueltas hasta perder el contacto con los cansados pies. Voy por libar y bailo. Libo. Fumo. Me siento apartado, por un momento, en la boite. Me hiede el cigarrillo, pero, tan cobarde, no me atrevo a dejarlo. ¡Qué mierda! Llegan carta y tarjeta de Laura. Invento releerme, recordar —no me caería mal abonar los recuerdos con unas lagrimitas—. Hoy no parece hoy, parece cualquier día, no bueno, pero tampoco malo. Rondo por las calles. Voy en *suspense*, espero el mañana.

Carnet de Identidad

(Para Javier, un niño grandote y tierno).

No tengo nada que ofrecer que no sean mis ganas de vivir. Vivir alegre, pese a que la seguridad se quiebre, cuando algunos quieran hundirme en el fango. Vivir intensamente cada momento, sin importarme los demás, cuando dicen que soy ingenua, porque creo. Vivir maravillada, siempre que admire todo cuanto me rodea, ya sea que eso me cause dolor o alegría. Me resisto a permanecer con una camisa de fuerza. Correré, me levantaré y me limpiaré las rodillas cuantas veces sea necesario, porque creo. Es que no he aprendido a mentir todavía. Aunque la gente me mire, me ponga cartelitos en la espalda, me dé palmaditas en la cara y quiera cerrarle la ventana a la fantasía, seguiré extrañándome de lo inusual y... de lo usual. Sin ese asombro, no me queda bien la vida.
Recuérdame así:
Intensa.

Vehemente.

Cándida.

Ñoña.

Peleona.

Impetuosa.

Por encima de todo, recuérdame como tu cómplice.

Besos con sabor a chocolate y a café, un buen amor siempre será un buen amor aunque no tenga historia.

Te extrañaré,

Laura

Madrid, octubre 20.

Candado abierto

Punto final. Sin guión. Sin fanfarrias ni pitos ni serpentinas; se acabó. Cuando apenas comienza, ya hace rato que ha muerto. Se fue por la angosta puerta del silencio; se fue. Sólo me deja en agridulce viejos folios (Román, Goyito y la sin par). Un año más que partió. Uno más que se me encima en la mochila y en las penas... Adiós y hasta nunca. Tenía que partir, ya había cumplido su misión —trato de engañarme—: lo que tiene que suceder que suceda. Adiós. Hago lo que ayer y anteayer, vago la noche hasta las últimas consecuencias —¡hasta unos tiros me sonaron cerca!—. La vida se va como se van los años, indolente y pasiva. Así es la vida, y se van y me dejan o llevan.

Cuaderno 6

…tú atravesarás corriendo la casa, los cabellos sueltos sobre tus espaldas, para que el criado quede deslumbrado.

—Sí —dijo César— los criados son a menudo para los amos, lo que la alcahueta es para la ramera, uno y otra tienen el sentido del negocio mejor que nadie.

Guillaume Apollinaire | *La Roma de los Borgia*

Perromundo

La vida continuará, el mundo no se acabará. No pienses en mí porque también sabré vivir sin ti... Doce días de este nuevo año. Dos años y aún no se borra la sangre. Dos años han pasado y aún no se seca la afrenta de la sangre y, en el recuerdo, le crecen a uno *el número de estrellas en la frente...* de Amaury, Chuta, Cerón y demás que se han perdido entre las patas de los pencos del auriga y sus tumbapolvo. Giro fuera de órbita. Leo a Platón, no sé para qué, no entiendo para qué los profesores se empecinan en regar las margaritas y las acacias, por qué pretenden que uno se pase el semestre yendo y viniendo a rellenar y a vaciar el cántaro de las penas y la impotencia. Lo sé, hasta la saciedad, el auriga se ha leído tantas veces el manualito que ahora, aunque la vista le falle y aunque sus turiferarios y saltapatrás no tengan menudo para devolver o navegar en esas aguas, él sigue siendo tan pérfido, tan mordaz y terrible como el sórdido Nicolás y los venenosos Borgia... Un día rutinario que de repente desemboca sacudido en el absurdo. Yo, con mi impericia en estos mares del lenguaje, me quedo sin lengua en la sabana extraña de los *Perros de paja* de Peckinpack. No tengo que decirlo o no sé cómo decirlo, me encantan estos mundos. A fin de cuentas son mis mundos, en ellos moro.

¿Dónde andará, dónde late?

Un agitado día, uno más. Se sigue hablando aún de la pálida estampida del profesor y sus alumnos. Es posible, es posible que no diga nada. Le escurro un poco el bulto a la noche, charlando con Sonia y la hermana. Sigo andando el camino y dejo marcas apenas visibles. Algún día se verán. Se verán, brillarán, eso espero. Ahora pienso bajar por el pasado (escrito a lápiz, el día de hoy). Un pie fuera de la casa no lo puse. Todo el día inmerso en los monográficos que debí hacer y que no hice. Los días se me van sin saber cómo. Primera vez y luzco, estoy un poco incómodo, por no encontrarla donde la dejé. Todo ha transcurrido dentro de la casi calculada normalidad de cada día, sólo que no encuentro a mi fiel, mi eje, mi otra yo, mi compañera y confidente. No siento igual, algo le sucede al tacto. Siento que resbala y no logra reponerse o reencontrarse. No da de sí; no doy de mí. ¿Dónde andará mi vieja y loca amada, mi panal? No me da lo que me daba aunque no la encuentre. Y aunque no la encuentre, tampoco fumo. Ahora leeré un poquito y trataré de dormir. Mañana, seguro, que reaparecerá mi pluma, no me cabe la menor duda.

Guagua lúdica

Desde ayer, la carretera es un pañuelo que se extiende a mis pies sedientos de la historia. Chito Henríquez y Dato Pagán, topógrafos del aire, reinstalan el tiempo en el espacio y nos sientan a la mesa de la historia. La Restauración, los Restauradores y todo ese entramado de amor y fuerza bruta que cimentó las bases de un camino más amplio, ha sido este banquete. Manjar sin aderezos, tomado de la mata; poblado por poblado, villorrio por villorrio, en el lugar del hecho, donde se tensó el más fiero fierro. El sábado por la noche,

Santiago fue una fiesta, una apertura y un llavín de válvula discreto y retozón. La mañana del domingo nos sorprendió en el camino, se internó con el grupo por cada uno de los vericuetos donde se escenificó cada brote, cada muñón de fuego y tajo de machete. Navarrete, Laguna Salada, Jaibón, La Guajaca, Villa Elisa, Hato del Medio, Guayubín, Santiago Rodríguez, Villa Los Almácigos, Dajabón, Carbonera, Copey, Montecristi, Villa González, El Limón, Altamira y Puerto Plata, en sus puntos neurálgicos, nueva vez fueron testigos de cada acción, cada esguince. Chito y Dato, dato a dato y palmo a palmo reconstruyeron la gesta, restauraron la historia, brindaron una lección sin punto en el calendario. Una guagua de la universidad repleta, serpeando sobre la geografía de la historia y de la isla. Una guagua lúdica y lírica, cruzando sin transición ni identificación alguna sobre lo agreste y lo frondoso de estos tres cuartos de isla. Los cancerberos, los áulicos y sobapenes están en ascuas. Miran y respingan, ignoran que la historia enciende en los pechos la llama que llama a blandir nuevos lábaros para limpiar el aire de tanta baba y tanto gris. Que se cuiden sus partes y compartes, en esta guagua transita una historia sin bordes, sin fronteras, capaz de contarle un cuento al auriga y su endeble nobleza de orilleros.

Los tígueres son los tígueres

Ya parece viejo, ha perdido brillo y porta manchas, muchas manchas. Sangra, sufre y envejece, sí. No parece tener 25 días este año. Luce más viejo. Todo está tan igual, no se producen cambios en mi vida. Anduve de exámenes. Di varias vueltas por la universidad. Estos callejones del barrio están muy enlodados y el día lleva un derrotero común, nada parece inmutarlo, a no ser que el Licey que, en este preciso instante, está ganando el último juego del campeonato (tres por cero), se deje arrebatar el juego así nomás. Otra carrera más y arrancaré otro día al calendario.

Juana la blanca y nuez moscada

Un día más, ahora suena una canción que me mueve gratos recuerdos, una canción que hoy (no) se me antoja triste... Doy giros y cambios. Doy varias vueltas por el barrio. Contrariado, un poco, la vieja no me paga aún. Dos exámenes menos. Eso, dos exámenes menos. Esta noche, por primera vez, rondo y me codeo con los tígueres del barrio. Ha sido un bonito día, por lo menos de literatura he hablado mucho, hasta por los codos. Siento que hace falta, si está hecha, una chica que desmelene y se adueñe de los espacios rombos de mis días. Terminaré mentándoles las madres al auriga y sus secuaces. Ayer, navegando en las turbulentas aguas de *Los demonios*, me enjuagué en los sueños y pasiones que con sobrada maestría bate Ken Russel. Me dura hoy el sabor, me alienta en este agitado día en que los monográficos pretenden convertirme en estropajo. *Go away, little girl...*

Sueño que sueño un sueño

Limitado entre mis límites. Paso la tarde en casa. Hablo un poco con Inés. Trabajos sobre la lengua y me enredo en reglas y artimañas, y los ojos y los dedos y otra vez los ojos y los labios, Inés temblando, hablando, mirando y yo apurado con la entrega. No hay mucho tiempo, debo emplearme a fondo, mejorar las calificaciones y retener, por más tiempo, entre mis manos, las manos calientes de Inés. Y hablo, hablooooooooo, tan sólo hablo con Inés. Hasta el momento no ha sido posible desmadejar la hipotenusa, encumbrarle el paralelepípedo y sus gangorras a este drama. Ella piensa que en la sierra trinan grillos sin sordina. Yo aseguro que la luna sueña mundos constelados de parejas noche adentro. Llama la noche. Voy con Paddy a una fiesta. No me gusta. Me largo. No tengo sueño, Inés titila en mi linterna, creo que me arropa el sueño y, en realidad, no sé si sueño.

Kafkiana con aguají

Todo sigue igual, los días pasan indolentes con su color y su opaca alegría, a su manera. El viaje se agiganta, se detiene, empeora y sigo caminando, pedaleando y mis manos y mis pies clavan sus huellas. La vida sigue siendo hermosa porque lo hermoso duele. Lo que cuesta dolor engrandece y crece en los orígenes. Los días entran por la puerta y salen, se van y se llevan y traen sorpresas. Vienen niños y se van, niños viejos y marchitos. Con ellos vengo y voy. Amar, llorar, ser, estar y no me dejan estar ni ser ni... ¡nada! Hoy todo es como ayer y anteayer y... otros días, un día más. Caminando sin parar y las cosas al igual, todo es nada. No hago nada y parasito (¡eso es algo!). Otro examen menos. Unas vueltas por ahí. Estudiar

Manivelas del recuerdo

Otro menos. Mil vueltas con los muchachos del barrio, en carro. Hartos de cosas insulsas. *Un lugar, una flor. El silbido de un tren que se aleja... se quedaron aquí..., una vieja canción, una calle y esas... la historia de amor soñada... todo te recuerda.* Hasta el silencio compartido. No es la canción tal vez. Ausentes giran tuercas y tornillos, triscan muescas. Llave diez. No hay formas ni geometría. Ausencia y corcoveo, la trampa no atrapa tórtolas. *Veo el mar de inmensas olas, un sin fin lleno de estrellas que sin ti pierden su inmensidad...* Ah, lodos del recuerdo, lluviosa tarde y sus adentros.

Potro alado

Otro titán cayó en las lomas, hoy hace un año. ¿Cuántos más caerán? Hace muchos días que sólo veo el correr de mis ríos —corrijo, días—, y no veo el de todos, que va a la par con el mío. Pues sí —decía—, un año cumplió hoy la extraña ausencia de Román. Esa sangre será —¡es!— un paso al frente en el largo y tortuoso camino para llegar a la cumbre ansiada. Un trapo enhiesto para blandir la rabia por los aires más puros de la patria. No una consigna, café y un cigarro, ni un petardo malandrín en manos de bocaflojas. Alguien levantará muy alto el lábaro para lavar la afrenta. El auriga lo sabe y se pertrecha en sus altares más íntimos y pigmeos. Sus corceles no. Tienen viseras, celos de sus potrancas encabritadas, insatisfechas y vacías. Me duele mucho la cabeza. Troto cansado, muy cansado.

Bajo un palmar

Soy un iluso y no me atrevo a admitirlo, no quiero, no puedo. Pienso vivir entre recuerdos (¿como un tonto?) y recuerdos, recreándome en inolvidables añoranzas. Soy tan mentiroso, pero a la vez tan ingenuo. El primero en creer sus propias patrañas. Estoy tan así, alienado de mí mismo, que no sé lo que hago ni digo, ni nada. Encerrado en mi nube, perdido, calafateando en las esquinas de la nada (¡aburrido no!). Voy por la playa. Ando, floto, me voy y me pierdo en la arena y el azul en la recreación de todo un fardo de recuerdos. Hubo motivos. Tuve al ver... Ganó las elecciones Tolentino Dipp. Me toca, no me toca. Pienso que mi vida taponada de cuentos es un cuento sin trama, sin argumento. Un hueco sin resonancia, sin oquedad. Niño sin niñez. Flor desflorada sin aroma y... sin nada, sí... *So lonely!* Seminarios *out!* Larga y lluviosa vuelta por los contornos, hay mucho lodo, mucho lodo. Rodar, girar, vagar, andar y pensar. Todo y nada. Principio y fin. Vivir y dormir. Zarpar de las orillas del desorden. Estudiar, madrugar. Verbos, esa es la realidad: vigorizar. Ponerle punción, chispa y suma vitalidad a esta gris franela que me azoga los días.

Doce juegos

¿Qué dice el día? Pudiera cantarme una canción o dispararme una ráfaga de viento o de metralla, un morterazo que, aunque lo arrope todo, aunque lo invente, no podrá disimular en nada el hambre, la miseria y las mentiras, farsas y engaños, teatro, bufo teatro del auriga y sus chulitos malandrines. Montaje, puro montaje, técnicamente estudiado y aprendido, como sacado de la filmografía de Esenstein, para ocultar el colmillo o el cuchillo con el que punzan y despanzurran la realidad, hieren y desflecan lo que queda de patria. Muchos —que son los menos— inventan conseguir entradas para aferrarse a la farsa, ser parte de ella, chupar. Pocos —que son los muchos— buscan la entrada, pero la entrada de algo, ese algo metafísico que lo es todo y mucho más. (Vuela, vuela pajarillo). Desalojos, pescozones y algo de circo tal vez. Este es un aniversario, sí pero de la amargura. El auriga está de pláceme. Danzan los gerifaltes y sus secuaces. Hay pantalla y alabarda, en los diarios, a montones, salen fotos y mensajes —falta el masaje—. Pela el colmillo el auriga, aplauden sus tumbapolvo. Todo está para el teatro, luce un brillo inusitado —*compromiso de todos*, dicen—. Oropeles, falsos pisos —que también son falsas poses—. Auriga y corifeos hacen bulto, mucho bulto. Pero siempre hay aguafiestas, alguien les daña el sancocho. Llueve. Llueve a cántaros y hay que recogerse. Bendita sea, mil veces, lluvia, redentora, pancarta en vilo, lluvia de marzo.

Escayolado pensar

Molido, vapuleado, ajado, cual si hubiese sido víctima de una camisepalo. Los días que faltan, no cuento. Vago y ausente, el 16 se me fue la mano y le di alcohol a este trapo de cuerpo. Hoy, estropeado aún, veo parte de mis calificaciones y no está mal, que sólo se quedará la que dejé (¡y no me arrepiento!). Los días siguen pasando, unos se notan y otros no. Todos los últimos han sido secos, tranquilos, innovedosos, monótonos, grises, mansos, quietos, apacibles. Taciturnos días. Vueltas por los campos. Sin rumbo, tarde y noche sin que logre hacer gran cosa. La vida transcurre vacía y sosa, una vida más. Todo sigue siendo como le parece (¿hermoso?) Mis letras no son tan mías. Aceptable porcentaje de acción en el baloncesto de la tarde: diez puntos, un dedo malo, que me duele y distorsiona aún más mi torpe y áspera caligrafía y mis ganas de dormir.

En un tris

Cúmplese un aniversario más de sangre. Una pluma tronchada, callada, hoy hace un año. Hola, Goyito, cuánta indignación mañana, cuando se supo, hace un año. ¡Maldita sea! ¿Cuántos más morderán el polvo en este azaroso camino?

Canción

No tengo ganas de writear. No hay nada nuevo.

Sin

Todo es nada, o se hace...

Fondo

¡Mierda...!

Cuaderno 7

—Mira —dice el chico—, ¿qué fue primero,
la gallina o el huevo?
—El gallo —bromea la muchacha.
—No jodas. Estamos hablando en serio. Lo que quiero decirte es que él nos
inventó para que lo inventáramos,
¿entiendes?, y en ese sentido, nuestra invención
era suya, él se inventaba a costa de nosotros.
No éramos más que sus intermediarios.
Miguel Donoso Pareja | *Nunca más el mar*

Extraña cicatriz

Nuevas páginas, nuevo formato, ¡qué chévere! Se agotaron las hojas y hoy empiezo un nuevo cuaderno. Hacía noches que no daba vueltas. Retorno. No hay nada nuevo, todo sigue su rutina y el correr se acelera y decrece. Burlas y motes por mi nuevo corte de pelo. Sigo girando en aspas suaves y sedosas. Sigo solo, ¿sabes? Alejado de mí, de las letras, de los lápices. Me huyo, me rehúyo y temo hablar y hablarme. Me muestro esquivo y taciturno. ¿Será por la novedad de estas hojas? Los días han seguido andando sobre mí, y sus huellas me maltratan y me duelen. Sigo contemplando las escenas del ser y estar —¡y estoy solo! Sigo siendo yo —*Dentro de mí, conmigo*—. Los últimos que han pasado he cavilado y concluido que necesito romper fuente. Arrimar el ala a otra ala, soplar nuevos sonidos, otras canciones. Sólo pienso disparates y soy un disparate. Vuelvo por la ciudad y veo nada nuevo. Arropado en una atroz capa de afiches, panfletos, epítetos, *slogans*, demagogos, electoreros, hombres cuentos, cuentos hombres, partidos, ofrecimientos, charlatanes...

De dos en ristre

Leo intenso y vasto: *Vida, pasión y muerte del PCD* y *El Manifiesto comunista*. No salgo a parte alguna. Me duele el dedo.

Nado en un humor que invento o que me inventa, me ahogo. Espumo.

Fango

Sigue el mal humor.

Del mismo fango

Me inscribo. Continúo insípido, salobre, soso, malhumorado, alienado, apaleado.

Graffiti

Una vaina más.

Cal viva

De mal humor otra vez, *Chapeo*. Hago otra de las mías, en *El Rinconcito*, trató Julito de chantajearme (¡no lo logró!). ¡Me largué, echando pestes, maldiciendo y mandándolos a la misma a él, el auriga y sus lavasacos!

Domingo de Resurrección

Hace un rato llegué de Santa Esmeralda de Los Baños. Había salido el viernes temprano desde San José. Sofía desnudó mis falsos pisos, se internó en mis silencios y me estropeó con rudeza brutal todas las penas. Sofía perdió el tino de sus manos. En cambio yo, aún ni me encuentro. Quisiera volver y desandarlo todo, paso por paso, ojos serenos, luminosos, perdidos. La playa, las olas, el sol, la ardiente arena y un territorio inmenso para avasallarse. No se puede partir. No se debe partir, arden las brasas y hay tanto por decir que no se dice

De vuelta a Arroyo Vuelta

No entiendo por qué cada día me torno más cascarrabias, más agrio. Envuelto en los preparativos de la mudanza, al fin saldré de este lugar que me azoga los días y me perturba y descarrila. Nunca estuve conforme con vivir en el lugar. Me propongo, no trataré —me impongo—, tengo que cambiar de vida y de ambiente. No tengo nada que plasmar en estas páginas ansiosas de recibir bazofia. Aún hoy tengo a Sofía entre los dedos. Su aroma embruja y desmorona mis defensas, y voy por los rincones de las horas como lobo que, saciado de noches y bosques y silencios, ansía ser perro, tener amo, rendirse. No voy a ningún lado, anegado, navegando en un mar de promesas y mentiras, nadando contra la maldita corriente. Así estoy, sin Sofía.

Campana sobre campana

Un muerto. Fue fusilado. Me provocó. Yo ganaré. En este mar se lee una página más del libro. Ahí, a dos pasos del cementerio, con el hedor de la muerte y aún así, presumo. No salgo a ningún lado. Leo. Todo sigue igual, y hoy, más que nunca, me doy cuenta de que voy solo, lejano y solo, y sin equipaje. Que llevo por compañero a mi silencio y no soy dueño ni del aire que respiro (otros lo necesitan). Hoy, justamente hoy, me he convencido, me convencí también de que no tengo en qué pensar. Salgo y me pierdo en las brumas de mis sueños y creo que me encuentro y es cuando más me pierdo y me harto y me resiento, pero siempre retorno a lo mismo. Camino sin dejar huellas, sin destino. Soy un libro sin páginas, no amarillento. Sin agua, sin caudal, soy un río; soy lluvia y no lluevo a nadie... No hago otra cosa que dar vueltas sin brújula, pensar con las riendas tensas, con el freno en los dedos y el bozal en los herrajes de la lengua. El canto de la noche no me arrulla. ¡Qué absurda es la vida sin papel, sin lápiz! Imposibles los momentos sin ellos. Busco y no encuentro mil cosas qué pensar. Nada de nada, no fluye nada, poco menos que nada en absoluto. Pero lo intento. ¡Oh, Sábado de Gloria! porque *en el mundo tanta falsa imaginé*....¡Eran otros días (¿bellos?). Y esta dichosa fiesta que no es una fiesta, es una pena. Mejor me acuesto ...*y la salvaré!*

Yo tenía una luz

Los días pasan, las hojas caen, los hombres... Los hombres van muriendo, creciendo, naciendo, siempre así. Hoy, la mudanza. Me quedo, quise cobrar el último misérrimo mes en la birria de colegio donde me aturdo queriendo enseñar lo que desconozco a quienes tampoco les interesa. Tal vez llegó el momento de revisar este casi un año en mi cariñoso—despectivo lar encerrativo—. No hago nada. Aislado. Pienso comenzar nueva vida. Buscar nuevos caminos. Buscar y encontrar a ese que sigo: encontrarme, Confucio, a mí mismo. Sólo llevo la mudanza, vuelvo y me quedo en el lugar que más me encaja y me conforta, el mismo de siempre: ningún lado. Paso todo el día fundido en la fructífera nada. No leo. No escribo. Siento que estoy como no debiera. Apenas alcanzo a ser la sombra de mi sombra, deformada, alienada, trasuntada, desdibujada y tenue, muy tenue.

Una primavera para el mundo

El caminar a sorbos me encamina, ¿llegaré a la meta? ¡Eso viene! Recojo los libros, empaco, desempaco y, el polvillo, el orín y las marcas del tiempo y los lectores invaden mis recuerdos, viajo, me voy. Es primavera y aún no lo había notado. Veo que algunas flores comenzaron a florir y que ya van por lo menos siete u ocho muertos por la campaña. Leo, leo, despanzurrado y salvaje, perdido a canto del sol y sin cachucha por los hiperbólicos y desmesurados mundos garcia-marquianos. Me encuentro y no me encuentro. Es primavera y nada florece para mí. Me dejo ir por la universidad, sediento de beber lo que brindaban, tras las *Canciones para una Isla Nueva*. Me seduce el experimento, la forma de sintonizar con tanta gente como uno. Vivir todo lo que había dejado atrás, el torbellino de emociones y pienso que hace nueve años que es 24 de Abril. Nueve años que es Abril, donde se comenzó a abrir una puerta que aún espera, en tropel, a la muchedumbre airosa, apabullando el carromato con auriga incluido.

Palazo de los de portes

Lodo. Mecido, adormecido y preso en una isla de lodo. No salgo muy lejos, no lo intento, no puedo. La noche llora, sus lágrimas humedecen el seno de los caminos. Es imposible ver la claridad de la oscura noche. Mocoso, un poco como están la noche y la lluvia, la gripe, el baloncesto en la tele, el triunfo boricua, las pancartas, el cartel y el teatro que sigue, se agiganta, la ira que se expande, la impotencia gris de un día gris, aburrido y gris que, tal vez por la lluvia, tal vez por la impotencia o por la imposición de los que retuercen el absurdo, las palabras no quieren volar, no tienen alas, naufragan truncas.

Soul sacrifice

Brother's Soul:

No me explico lo que pasa contigo, te pido que me escribas y haces una notita, que da vergüenza verla.

Dejando los reproches a un lado, te diré que cumplo años (24) el 27 de este mes. Te aviso por si deseas enviarme algo.

El teléfono es 583.1520, pero hay que llamarme pasadas las cinco de la tarde, esto es los días de trabajo, los sábados y domingos puedes hacerlo después de las 10 de la mañana.

No he tenido tiempo para empezar el artículo, aunque cualquier día lo recibirás. Pero vamos a aclarar algo, no quiero ver mi artículo mezclado con sus líos "lechuguinos", ¿está claro?

Ahora, algo fúnebre: la debilidad me mata, mi organismo se niega rotundamente a producir glóbulos rojos, no me da apetito, peso 97 libras y como cigarrillos (fumo dos cajetillas de mentolados por día). ¡Figúrate, estoy vuelto añicos! No tanto físicamente, sino que también espiritualmente, estoy acabado.

(I love Death)

...you can be sure...

Life, world, people. Let me die!

Jon Sebastian
Santa Catalina de la Luz 7 de marzo 1974.

Cajón desastre

Mi cama. Mi vieja cama. Juik, juik, su ruidito. Mis noches, mis viejas noches, mis secretos. Senderos que se encuentran, se bifurcan, retroceden, pero estoy en mi cama ya, consumada la mudanza, al fin... Otro muerto y muchos heridos, hoy. La campaña, las pasiones. Nueva casa. Nuevo barrio... ¿? Retorno a clases. Veo a muchos, faltan otros. Un poco desabrido, algo desubicado, este nuevo barrio es nuevo para mí. Pululan y se contonean las chicas por aquí —y necesito una, con o sin vehemencia, necesito una—. No puedo, no debo continuar siempre en la misma butaca, dejando que se desmadeje el filme, esperando a la que ha de venir. Un día más aunque no lo quiera admitir...

Sartreana con café y tostadas

Todo a mi alrededor gira, de un modo descompasado, rudo, brutal, tosco. No tengo fuerzas, no atino a mover un pie para evitar que el techo se me venga encima y que la cama, en un lento crujir, se desgrane y salten mil fragmentos de luz, pétalos y gazapitos de papel, mariposadas y libélulas, enloquecidas, despavoridas que lo llenan todo, huyen a contramano. Sin fuerzas, sin dominio, mis ojos miran y no ven. Mis manos sienten y no sienten. Imperceptibles los aromas y la música apagada lo apaga todo y yo, mareado, confundido, me quedo en la cama, sin saber de mí, sin saber. Más tarde, andando el día, parece que salió el sol y el arco iris del ánimo retornó poco a poco y me armo de valor o de fuerzas para salir a la tarde e invadir las aulas y botar el golpe y el sopor y ver, al retornar tranquilo y despejado que, piedra sobre piedra, intacto, todo late a la misma prisa y al mismo tono de siempre. Superada la crisis, el gotero del tiempo filtra las horas a su ritmo. Escribo, me leo.

Retrato en sepia

Nuevos días. La vida silvestre ha sido sustituida por una más hipócrita. La barba crece. Nadie se fija. El abuelo, desde un marco ridículo, encerrado y atado cual lo que es —una foto— mira y sonríe con una sonrisa que le creo tan suya. Tiene mis mismos años (de muerto). Le hubiera dado otro marco. ¿Por qué no huye de ese formalismo: saco y corbata? Apretujados en una habitación que nos disgusta, al menos a mí. No encaja y, sobre todo, sigo solo y ansioso por conversar con alguien, de intercambiar ideas hipócritas. Quiero, ansío matricularme en la escuela de la hipocresía. Graduarme en el arte del cinismo y la indiferencia, me encuentro tan indiferente que, hasta yo mismo, me importo un bledo. Leo mucho.

Hoy toda mi conversación giró en torno a un recuerdo que, aunque no lo quiera admitir, fue muy bonito. Es algo. Es algo... algo. Pienso = infinito...!

Aire, aire, aire, ah

Dar unas vueltas pendejas, por la mañana. Ocupar una iglesia. Sentir que se pueblan otros mundos, unido, consustanciado con el clamor de todos: ¡libertad para los presos!

En medio del apagón

Desbordada la copa. Templos ocupados. Unos posan. Otros ponen las sentaderas y el auriga y sus jenízaros bajan interruptores. Se va la luz.

Sombras nada más

A cuatro, no a tres, días de las elecciones, nadando en turbulentas aguas, bebiéndolas, muriendo, viviendo, comiendo, naciendo y corriendo; no votaré. Ya está dicho, son un puro trauma, una pelafustanada. ¿Las elecciones?

Boto el voto, por las botas

Está caldeado el asunto. Tiene indescifrable cara: el canto de los grillos es menos sonoro (como si temiese ser interpretado contrario al sistema), la sinfonía triste de los mosquitos es asustadiza. Todo está jodón. Los afiches cubren las cabezas canas de las viejas y destartaladas casuchas de los barrios ricos en miseria. Las bocinas y altoparlantes, huéspedes cotidianos de magullados oídos, insultan la sensatez y la decencia colectivas. Tras bambalinas. A la expectativa. La música está más lenta, menos sonora. Todo cambia —hasta el torniquete está aumentando. Así está el país (yo también).

¿De qué color es el gallo?

Indignado, malditamente indignado. ¿Cómo es posible que un imbécil —quienquiera que sea—, por un quítame esta paja, saque un revólver o pistola y ¡pum! ¡coño, no! ¡Está bueno ya! ¡Hay que parar esta vaina, esta jodienda, esta pendejada! La gente está asustada, acorralada, escondida, traumatizada, cansada, olvidada, maltratada, pisoteada, explotada, vilipendiada, asordinada, fueteada, sodomizada, dominada, jineteada y maculada. Todo eso, mas no rendida. ¡Ojalá que no se olvide! Mañana. Ahora.

Del mismo color del huevo

El dieciséis de mayo vota. Sí, botaré todas las heces fiscales que se me impongan en la mira. Hoy, el cardumen, libre y sin mente —con el freno y el guayo— iba lento, caviloso y tranquilo. Hasta el sol se abstuvo. Hoy ha sido un día engañado, quizás ni es jueves ni 16 de mayo.

Tinto en sangre, colorao

Día tranquilo, lluvia. Nuevo gobierno sin nuevo gobernante. Contradicción de las contradicciones. Un giro sin tuercas y una tuerca sin tornillo. Un molinillo y una gallina clueca (con todo y gusanillo). Las cortinas del palacio son de sangre visceral. Coincido en muchas cosas —casi y sin casi, en todas— con *Serpico*.

Palabra de Dios

Lucha por un ideal; el agua que no corre se corrompe. Leer sobre el paisaje, los bordes de la cordillera: calles, pistas, callejones, barrios. Contemplar a través de las gafas oscuras de un desposeído del poder y ver pasar rientes y orondos los coches oficiales. Las papas se ríen de los purés. Así es la película y el cine. No hay para pan, circo sí. Volver a clases. Todo. Caras. Amigos. Hablo, hablan, hablamos. Oír. Un país que está embozado, que sus gritos apenas llegan a susurros. Que sus noches no son negras, sino oscuras, tenebrosas, silenciosas, mortuosas. El Gago y Juan no comulgan con el auriga. El auriga no come cuentos con ellos. El Gago y Juan lanzan panfletos, alzan pancartas, gritan proclamas. El auriga no come cuentos con ellos. El Gago y Juan, Juan y El Gago dicen que los corceles los patean. El auriga no come cuentos con ellos. El Gago y Juan son unos malagradecidos. El auriga no come cuentos con ellos. El Gago y Juan saldrán de la cárcel gracias a la benevolencia del auriga. El auriga es bueno y no come cuentos con ellos. El Gago y Juan tienen algunos hematomas y fracturas. El auriga no lo puede creer. El Gago no hablará jamás en contra del auriga, ha perdido el habla y Juan el mocho jamás lanzará ladrillos contra los corceles del auriga. El Gago y Juan eran un par de ingratos. El auriga es todo perdón.

Derecho, hasta el puente

Estar por ser y vivir a lo largo de la vida, sentado en un rincón de la esperanza, esperando la llegada del momento culminante de una existencia real, vivencial, terrenal: humana. Una alfombra caliente, maloliente, viscosa e incómoda es todo lo que bordea el sumiso fundo del auriga. Muertos por doquier, asesinatos, hambre, miseria, bandidaje, así es. Puede ser un punto de partida este día de hoy. La universidad, cuentos. Verdes las verdes hojas, todo está verde: espero. Cruzo la calle, me asalta un frío, una visión real, inusitada: Maika. Alta, mulata, delgada y dulce. Me roba los sentidos. Una mujer vista no vista Real como el farol apagado de la esquina Dulce como el agua que no tengo y que deseo Maika ojos de miel cercana ausente de luna dientes de nube, que se pierde entre los cientos y cientos de autobuses con su nombre pululando por las viejas rutas A y B... voz de guitarra que me enciende el mundo y me apaga el sol.

—¡Estás hecho para robarle el aliento a una!

Sigo en ascuas, caminando, pies polvosos y untados de suela. Ando y ando. Voy donde nadie. Sin tino, sin saber si sueño todo el día, que se va en planes.

Plural de fóforo

Una vuelta nocturna. Flotar en la espesa y densa atmósfera de humo de mi gloriosa fuerza de voluntad, mamá.

Lqqd

Tenía ganas de escibrir ago ade por ag´ y no encuentré lo fóforo Maodita lux.

Tinta china

¡Hay que prender la llama de la esperanza en el hombre! ¡Hay que prender la llama, aunque nos queme la sangre! Tal vez, el ser me haga estar fuera de mí. ¿Patas para qué las tengo? Nada nuevo —me digo—. Hay un rumor que se rumora. Me siento vacío y con ganas de llenar. Hay algo en mí no explorado. Soy un hombre sin historia, sin pasado. Curtido por mil caminos, lavado por mil lloviznas. Una, otra hoja grande de mi calendario está a punto de caer No tengo con qué llenar el blanco de hoy.

Cuaderno 8

*En medio de la oscuridad, sólo la llama de alcohol
del infiernillo proyectaba inquietas,
azuladas luces sobre las tres cabezas.
—Apagué la lámpara, Törless,
porque así se habla mejor de estas cosas…*

Robert Musil | ***Las tribulaciones del estudiante Törless***

Sandoliana con mangos mameyitos

Dos días. Una fiebre sin saber de mí, de mis sentidos. Otro, maldita luz. Hoy, ya ves, comiendo higos. Todo sigue igual, solo.

Pelo de ángel

El comienzo debe ser eso mismo, puesto que después que arranco todo el resto viene. Querer encontrarme cada noche y hablar, hablarme y contarme, manosearme. No puedo. Se me hace imposible. Mis ojos no son mis ojos (esta noche ha sido una brega el encuentro). La maldita luz, ausente todas estas noches y parte de los días (qué vaina). Los días, consumidos y consumados en planes. Muchos planes, de ello vivo. Un planista soy, nada más. No estoy seguro, me mortifica un poco, me obstino en descifrar de qué manera me llegó más el tal *Papillón*. Sin lugar a dudas que disfruté a rabiar la actuación de Mcqueen, mi favorito. Pero no puedo negar como me atrapó la anterior lectura, en el papel, aquel libro que ya no recuerdo en manos de quién fue a parar, desaparecer como todos los libros que apasionan. Estoy solo y sin aliento. No quiero, no puedo seguir. Tratar, trato de trabajar. Busco ser algo. Ha sido una semana fatigosa. Los intestinos y el estómago no funcionan como deberían, me castigan. Aún sigo solo, y no es que haga mucho por romper el celofán que me cubre.

Light my Fire

Como y trago muchas letras y mi hambre no se sacia. ¿Estoy solo? ¿No salgo? La maldita luz es un sinónimo de la nada.

Días iguales

Días sí y otros no, mis líneas no se marcan, hastiado a luz no poder, a oscuras. Ayer y hoy, reuniones con estudiantes y profesores. Sigo. Camino, camino. No hablo. Nada pasa. La noche está sola, también lo estoy. Calor que me hace sentir fuera de mí. Parpadea el ojo solitario de la vela que me acompaña. Hoy es ayer.

...y con su sangre noble prendieron

Es fácil hablar claro cuando no va a decirse toda la verdad. Quince lágrimas, del 59 hasta hoy, han goteado de los ojos de la vida. Quince lágrimas de recordación. *Junio es primavera.* Una nueva experiencia, no tanto como *Canciones para una Isla Nueva.* Muy niña mi niñez para captar el valor del momento *1/4* del 59.

Marrón antiguo

Todo es nada en lo poco de lo mucho que resta. Sigo oscilando en el eje transparente de pensamientos crueles y salados. Soy un sol sin soldar y doy lo que no tengo por estar no solo como aspa sola. Los días siguen siendo días, sus minutos se hacen horas. La noche no es oscura, iniluminada, sola, triste y sin candiles. La luz: el no ser del nunca estar por no venir. El momento no es ahora. Nunca es, ni pensarlo. Visto mi traje de soledad, calzo mis zapatos de monotonía, sigo comiendo mi manjar de oprobios. Sigo viviendo en la vida. Hoy es hoy, sin más, un domingo así. Oscilo entre el quiero y no quiero, pero fumo. Un día así, tan natural. Sin nada resaltante.

Cordial enemistad

Los pétalos descoloridos de éste siguen cayendo con rapidez pasmosa y pronto marchitará la flor madre. Es casi verano. Calor caliente se siente. Clases cansonas. No atino a saber por qué me acuerdo de Raquel. Y sé por qué. Alguien más ha llegado y ya no estoy solo. Su presencia me aturde, me molesta. No puedo estar junto a él. Su naturaleza y la mía crean serias y calurosas fricciones. Tengo que evitar ciertos lugares, que se tornan inaguantables a su lado. El verano, que ha llegado, trae consigo calor, mucho calor.

Llovizna y parasol

Leo, no el signo, ni un libro, sino la primera blanca página de este mes. Un día agitado. Un examen. Ya había perdido la costumbre de examinarme. El hábito de estudios cada vez es más escaso. Hoy, también hoy, mucho ha llovido. Hueco y lluviado un poquito, un poco demasiado liviano, intento salir de algunos pendientes y dar un nuevo paso al frente en la lucha contra el tabaco… me aligera la carga, la conciencia. Ojalá la flaqueza no venza y convenza de nuevo. Ojalá que adelante sonrían nuevas experiencias —anhelo y lo deseo con tanto ardor, con tanta fuerza—. Me quedo callado, apenas estoy ahí presente, en la radio, nadie sabrá jamás los colores ni el sabor de los cristales de mi voz que estuvo ausente durante todo el programa que dejamos inaugurado hoy, Acevedo y yo.

Lupiana sin torceduras

Ni lo preguntes, esa maldita luz es una vaina. Vivo un cagado romance conmigo mismo y mis recuerdos. Floto en alas de mis sueños y nieblas más genuinas, vuelvo a ser yo mismo en mis adentros y alrededores, circunstancias aparte. Salgo de mí, sin alejarme de mí y me contemplo, me veo ahí, frente a mí: corretear mariposas, abejorros y toritos. Encumbrar incontables chichiguas y pájaros. Bajar, en yagua, la barranquita de tía Hilda. Me pierdo en los recuerdos. Me encuentro en el Museo del Hombre con Miguel. *Dentro de mí, conmigo.* Unas vueltas más, pagado de mí mismo.

Talón de Aquiles

Un día más. Turbio y goloso otro balde de agua pasa por encima de mí, me cubre y me baña. Dichoso yo que, en este parque del auriga, puedo tener un balde. Mejor aún, con agua para usarla a mi antojo o racionarla. Pero hoy, asediado, hastiado, ya estoy harto de buscar qué hacer y nada encuentro. Estoy requetejodío, jodío y medio, arruinao. Tanto luchar, joder con estudios y vainas y a fin de cuentas no vale nada, no puedo demostrar ni lo que soy o pretendo ser. Tal vez me resulte lo mismo maldecir y bendecir, le encuentro el mismo parecido a la democracia y al infierno. En fin que, sigo, continúo leyendo, rabiando, tratando de dormir, leer, dejar de pensar, soñar o despertar

Gatillo alegre

Ayer, no tengo que contarlo, un maldito examen que no se dio. Palabras con Manolo; Castro estuvo también. Las pistolas de agua sin agua de los corceles desbocados de gris mojaron de seca ausencia a un muchacho, a muy pocas pisadas de la casa. Ahí, cerca de Mercedita. Salgo o entro a *La Cotica* con Sonia, Luchy y Lucía. Pizzas, solo pizzas. Sigo solo. Soy más mierda de lo que creo. Enmarañado en mi maldito mundo, rodeado de tantos mierdas como yo, haciendo la fructífera nada. ¿Para qué leer los libros, andar las calles, levantarse, bañarse y muchas monsergas más, si al final oiré lo consabido: ¿quién lo recomienda? ¡Mierda y requetemierda, coño! Ando y desando de cabo a rabo otro azaroso día de estrecheces e injurias, otro más. ¡Maldita sea!

Qué linda en el trapo estás

Mártires del Brasil y de aquí y de allá y de todas partes, mártires, siempre mártires... Asueñado, no quiero levantarme. Pero tengo que hacerlo e internarme por los caminos de Herrera, encuestas para los estudiantes de Arquitectura. Llueve. Llueve y llueve. La universidad tiene un colorido maravilloso —me gusta—. Tiene el color pero no el sonido. Lo que más me atrae es el traje que año tras año, para estos tiempos le donan los flamboyanes. La universidad está embadurnada de brochazos y afiches. Está sumida en una desenfrenada carrera sin pista. Sus grupos montan el espectáculo revolucionario jamás imaginado. ¡Ah, la revolución! El verano trasunta primavera y puede ser una merced. De nuevo, afiches, bocinas. Andas que son olas, que me llevan y me traen. ¡Maravillosa, *Superstar*! Curtido de soledad. Harto de hablar conmigo, de la sucedanía de las manos, del vacío. Viajo y, sin aliento, en un trole feliz y entrecortado, llego al final de estos *Pasos perdidos*...

Grafía pr(m)imada

Como son las cartas. A veces, traen cosas que uno quisiera bebérselas, tragarlas y... desnucar la distancia, disuadirla y espantarla, mientras se interna en su embrujo y trata de leer y descifrar hasta los códigos que no existen en el lenguaje sin aditivos sin piruetas que portan éstas, la tarjeta y el pedazo de foto que acaban de llegar. Envuelta y desenvuelta, la foto viene así, directamente a mí, más que a mí, primero a mí. Me dice tantas cosas y no me dice nada. Lo que esperaba, o más o menos de lo que imaginaba —porque soy así—. Es una foto en la que está y le sonríe a la cámara —tengo toda la libertad de pensar que es a mí—: "...no sé qué me pasa. Siento algo que no sé descifrar, estuve muy poco tiempo a tu lado." Tampoco yo lo sé. No lo niego, es cierto, pírrico y cierto. Como también es cierto que tiemblo cuando la recuerdo. Siempre que llegan sus cartas el día toma otro color, se siente distinto, gigante. Se acaba de joder el reloj. Encuestas por Herrera. Afiches, *slogans*, mierda, mucha mierda, fiestas —así salvaremos la universidad!

Cuentos que me cuento

Me aburre la cama, me hago al suelo. Desde esa estatura sideral, sentado sobre mil pendejadas es un día. Miro el reloj mientras condeo y pienso en el fogonazo de los padres de la patria y hasta en el hijo de puta que debió ser el tal conde de Peñalva, a quien honra esta calle y en las chicas que salen de las tiendas y la música que engendran los agitados pasos de los transeúntes y el color que adquiere esta parte de la ciudad a esta hora del día. Es tarde, el sol sombrea. No voto. (Antielectoralista confeso, contestatario, negado y mentador de madre el chico). No iré a la universidad, prefiero ver *Popea, prostituta al servicio del imperio*. Leer a León Felipe y Carpentier. Esperar. Harto de esperar. Asistiendo, precaria y pacientemente, a la escuela de la vida ¿se me quedarán materias? Lo ignoro, al cabo que ni me importa, me da igual y sólo me anima un pensamiento que me punza y me hiere: mandarlo todo a paseo, al carajo, sacar de abajo vigor para lavar la realidad y matarle en sus orígenes el olor a cementerio que la agobia.

Humo y espuma

No encuentro por dónde empezar. Podría ser una tarde polisémica o una tarde cualquiera, podría ser. De otro dolor de este mar, otra cuenta de este rosario. Duéleme, cuerpo, otro mes más. Andar. Hablar. Leer y otras cosas. Fumar un día más de esta vida De hoy sólo queda una colilla... Y fumé, es lamentable, un cigarrillo. No lo pedí, tampoco lo rechacé. Ha sido lluviosa la tarde. El barrio ha estado de huelga y huelga decirlo. Libertad de empresa o de prensa. Quiero, ansío, espero que aparezca algún pendejo que me aclare esto. Están lloviendo estos días.

Cuaderno 9

No me he elegido yo. Me ha elegido la mayoría de nuestros conciudadanos. Yo mismo no podría elegirme. ¿Podría alguien reemplazarme en la muerte? Del mismo modo nadie podrá reemplazarme en vida. Aunque tuviera un hijo no podría reemplazarme, heredarme. Mi dinastía comienza y acaba en mí, en YO-ÉL. La soberanía, el poder, de que nos hallamos investidos, volverán al pueblo al cual pertenecen de manera imperecedera. En cuanto a mis pocos bienes personales serán repartidos de la siguiente forma: La chacra de Ybyray a mis dos hijas naturales que viven en la Casa de Recogidas y Huérfanas…

Augusto Roa Bastos | *Yo el supremo*

Acelga y vino tinto

El domingo puede comenzar en los umbrales del Segundo Congreso de la Prensa y germinar abrazando a una muchacha. Puede ser los nombres rimbombantes que salen rotulados de las rotativas (Grimaldi, Caba, Goris, Rodríguez, Díaz, Cabrera y demás) y puede ser material de consumo consumado y consumido por un consumidor que se consume día a día dando corpus, pasto, circo y pan a los amos y señores del negocio, que median y remedian sus miserias. O puede ser pocatinta, la experta comunicadora, fajadora y batalladora que está contra el auriga y sus lambones y, en defensa de su profesionalísima profesionalidad, lanza a los que no están en su acera al plato de los plutos del auriga y sus cagatintas. O, un Taylor, flemático y cachondo, con su paragüita de Lord, pero prieto, que le sala la sopa y trae los temas menos santos al santuario de los justos, los Pilatos, sí señor. O, en definitiva, un corresponsal, el pobre que es tan bueno y tan bruto que, por cumplir con su deber jamás sale de las patas de los caballos y nunca tiene para curitas ni bolegolpes —que no sabe lo que hace—. Puede ser... pero germina, como dije, la noche en el *Jet Set*. La muchacha que me baila y me abraza, la de los ojos de neón, la de los besos de melcocha. La de los sesgos. La de los pasos. La que me dio este número telefónico y me miró muy mal (con sus ojos de neón), cuando, lelo y lerdo como soy, al filo de la madrugada, quise saber su nombre. Sólo me dejó este número: 689-5416.

Sombras de otras sombras

Agosto, hace tres años y hace un año que agosto es agosto... Trabajo un trabajo. Llueve días de silencio. Vagueo mucho y creo preciso, justo, equitativo y necesario que converse con los libros. Ha llegado la hora de enfrentarme a ellos, con valentía, cuerpo a cuerpo, cara a cara, y estudiar. Aquí está Manolo, hace dos días. Han pasado muchas cosas en estos dos días. Me apersono a la Embajada de Perú, con los compañeros de curso a entregar un documento de solidaridad con las leyes de prensa. Calor que calienta. Clases. Un día diario que no tiene compañero. Sesgando a diestra y siniestra, penetra la espesura, haciendo caer por montones mi luenga barba, una navaja. Andar a pie es una indecencia. Parece verdad, señor come mierda don dinero. Pero es mentira. Y es más, no le hago caso. Ando. Dizque estudio, insulto La Plaza de la Cultura, estudiando bajo sus sombras. Aunque le moleste a los camajanes del auriga, piso la grama. Se va la luz, vuelve y es infinito el pesar y el pensar en lo que no se dice... para no empuercar el papel ni el aire.

Días de ira

Caen los vidrios y las puertas (no arrodillándose ante nadie), luchando y dando ejemplo: paros parciales, paros que hacen escasear las aspirinas a los hienacuajos y al auriga sediento. Muchos perros de prensa andan sueltos por las calles. Abuso de poder. Poder, droga poderosa que hace a los hombres más topos que los topos. Están cayendo gotas cargadas de un presente agrio y agreste. Estos son días ásperos, rústicos. Estudio con Digna y Venturita. Nada más.

Embozada luz

Tan sólo es miércoles, sí. Pero con una terrible variante, un miércoles 14, víspera de quince, que antecede a un 16 que es de agosto. Huelgas de carros, colmados, presos muertos y muertos presos. Todo cunde o huele o hiede o supura un sentimiento indefinido que puede ser terror o rabia contenida y todos esperan ¿y mañana qué?, por no decir: pasado mañana...

Enemigo rumor

Estática y a la expectativa está la temperatura. Pueblos paralizados. Animales violentos fuera del zoológico, más peligrosos aún. Hay alegría, aunque no lo quiera admitir. Hay, aunque sea cinismo, pero hay. Aunque sea los fusiles ríen, ya los puedo oír.

Crepe de espinaca

Milar, no tengo nada que escribir, aunque ganas no me faltan de celebrar con ella este cumpleaños. En medio de la espera, al borde de la rabia ella, desagradable huésped, un jartona, un molestosa, entra sin tocar y se aposenta en mí, qué rabia. Maldita gripe.

Abecedario del deseo

Podría ser que la tarde (no, mejor el día) se enamorara de la tarde, o cualquier disparate. Pero lo cierto es que el enamorado soy yo. Si pudiera apropiarme de las tardes no las daría, las llevaría muy junto a mí. Sólo puedo dar palabras, algunas rosas y otras naderías más. Un sueño, una canción si es que su merced decide, se apiada de mi merced desmercedada y (no quiero, no voy a escribir de nuevo esta palabra tantas veces suelta en mis cuadernos, creo). Todo eso aunque viva un mundo bombardeado de fetichismo, exorcismo y otras yerbas. Hoy, nueva vez, a *La Cotica* con las chicas, flores en los cables, luces en el fuego, fuego en los caminos. Camino en los pedales. Pedal en el timón. Timón revolución. ¿Revolución? Ojos de esquina que no vi. Fatigoso, empalagoso y tortuoso amanecer. Camino, mucho camino. Hasta abajo del puente. Encuesta, lucha y cansados, tarde luz viene, luz vuelve y se va. Qué vaina

Paz, pan injusticia

Ayer no había luz. Sangre. Mucha ha sido la que se derramó en estos días. ¿Quién soy, a fin de cuentas? ¿Materialista, idealista o comemierda? Quizás lo último. El mundo está girando y, tranquilas las gotas de los días siguen cayendo sobre mí. Ya los exámenes están aquí. Debo sacar provecho, recuperarme, rehacerme, volver a los libros, eso es. Además, con valor —pero mucho— enfrentar la realidad y abandonar la táctica de fuego a discreción —tan discreto que ni yo lo oigo ni lo siento—. Un maldito examen. Un moquero, maldita gripe. Lluvia y tos una tarde por la tarde. Un día más en la carrera loca del camino. Sí señor, esperando. Ojalá pueda amanecer mejor.

Un nuevo amanecer con padecer

Aunque no lo parezca, los días han pasado sobre el paisaje y la geografía, dejando muertes, descargos, injusticias, en fin, muchas cosas. Por ejemplo: un nuevo gobierno, bueno tiene que ser, porque el pueblo lo eligió libre dentro la más libérrima libertad acuartelada. Se están cosechando, tinta sangre, sus frutos secos, mustios, moribundos.... Lluvia, un rato sí, otro no. Unas vueltas por la noche, una buena mirada a lo que no quiero dejar de mirar y ya casi es setiembre.

Lluvia, chica y ojos negros

Tarde de la tarde mía, mía tarde por la tarde tarde. Dizque estudio para un dizque examen que no se da. Setiembre tan distinto de setiembre y tan igual. Mañana ajetreosa. Cuando nado ya es muy tarde, la piscina se ha secado. Es bueno, necesario que deje de ser, estar de pendejo, que actúe, me mueva, decida. Sólo quedan tres exámenes. Apuro el trago, avanzo. Tengo carnet de locutor. Lluvia, me cubro bajo el paraguas que cubría los ojos de la chica de la doctor Tejada Florentino. Las cuadras se reducen, van restándose, apocándose, sin darnos cuenta fuimos a caer, codo con codo, en el mismo acto de solidaridad con Chile, la Rondalla de la Universidad fue la culpable.

Se oye un tambor

La lluvia ronda todo el día. Rememora recuerdos que recuerdan. La mañana, sentada, se hizo tarde. No sé qué me pasa. La noche está llorando y no está triste. La música, mortero de recuerdos. Tabletea la lluvia contra las cosas. Pasan raudos los autos. La noche llora. Anteayer examen, ayer igual, hoy ajetreos, reuniones. Ando, me muevo con la lluvia, juego y la ansío... andando sobre la lluvia nochecina. Busco unos faroles que porta una chica, los utiliza para alumbrar y encandilarme las horas. Creo, pienso, estoy seguro que, luminosos, esos faroles, serían capaces de ocupar todos los años luz de cuatro soles, si fueran míos, si fuera el dueño y los faroles... El 71% de la humanidad dispone sólo del 18% de la riqueza mundial. Hago pininos de reporterismo. La Soberana sabe que en la sierra hay un tumbao que tumba cocos y tumba tumbas, si se toca bien tocao para bailarlo bien bailao y en la empalizá. La Soberana tiene un zumbao mulato y dulce que le alborota los cueros al más cenizo, la Soberana sabe que nada sonoro nos es ajeno por este confín del mundo. Ahora llueve, y soy simple lluvia que no llueve.

Reja enjaulada

Ayer era el cumpleaños de Manolo y ni cuenta me di, con el corre-corre, casi ni tiempo de bañarme. Lloviendo, la mañana se levantó a regañadientes, para abrirme paso al espectáculo, a la burda y colectiva huida, de la censura y el silencio cómplice. Castración que se impone en los bozales de la radio, que limita las canciones y a los cantores, aunque su palabra torpe, tosca, desaliñada y, un tanto babosa, no sea tan certero disparo… parece que hiere, que rasguña hipócritas sentimientos, que molesta y hay que callarla a como dé lugar. Por eso estoy del otro lado, en la otra acera y quiero hablar con uno de ellos, de los perseguidos, de los que alzan el grito y ponen, voz en cuello, el cuello frente al blanco de las bazookas y las escopetas de repetición de los gendarmes del auriga. Luego de entrevistar al peligroso y extremista cantautor, mete su mano el azar o el auriga —no se puede con él, contra él y sus consortes—, la cinta me traiciona y tengo que reinventar, rearmar, rehacerla. Sigue lloviendo. Sigo podrido en las esquinas tras esa muchacha. ¿Cómo llegó? ¿Cómo? Sigue lloviendo. Buscando a la Soberana para las fotos, llego tarde, como siempre, y habrá que utilizar viejas, de archivo. Sigue lloviendo. Sigo andando en las nubes alcalinas, mis pies no tocan la esencia de las tardes. Soy sólo un rato de la tarde (aunque la tinta se corra). No tengo mucho de qué hablar, quizás de rejas, quizás de calles, quizás del auriga, quizás no diga nada.

Por fin mañana

Todavía sigo siendo nada y estoy donde no estoy. Soy lo que no sé ni me pregunto. Ando, harto de andar, temperatura variable. Duélenme los pies. Ha llovido y sigue lloviendo. He dado muchas vueltas. Me falta la fuerza decisoria para decir el nombre de las cosas. Hoy, según mamá, nací. Hoy, una tarde como ésta, llegué y comencé a caminar por estos parques. Siempre tengo un engaño para engañarme, yo. Ya terminaron los exámenes. ¿Y qué? Ahora el reto, el resto. ¿Qué, por fin, qué? O el miedo, siempre ha sido así...

Flema y confeti

Cuando la tarde, cansada de nostalgias se acuesta sobre un lecho de flores muertas y diarios preñados de noticias teñidas; cuando cada niño saca su bicicleta y las abuelas, en cortinas de humo, se atragantan de mocatos pensamientos; cuando las calles, inermes como centinelas, soportan los besos sin capota de los autos, se escapan del ambiente y de su casa las ilusiones de las ratas; se vuelan los humores y no cantan los grillos y es que, en una casa grande, verde y amalgamosa, con seres insaboros, se está sufriendo en grande la pena de unos cantos sin palabras sin música, o que los zafacones —individualistas como siempre—, esperan el saludo de un triste basurero y lloran indigestos de esta abulia de viernes. Pero éste no es el caso, señores de la joda; el caso es que esta tarde, armados, unos tipos, han jugado su san: secuestraron a la Hutchison, la jefa de la USIS, una maldita vieja, plegada y peligrosa, algo que si se quiere rima con desperdicio.

Cuaderno 10

¿Dónde puede refugiarse un hombre que piensa de verdad, en este mundo presun-
tamente real, si no se defiende de la estupidez mediante el ejercicio constante del
equívoco? ¿Eh? Sobre todo un poeta. Una vez dijo: —Los poetas no toman real-
mente en serio las ideas o las gentes. Las consideran como el Pachá su harén bien
provisto. Son bonitas, sí. Prestan utilidad. Pero no se trata de que sean verdaderas
o falsas, de que tengan o no un alma…

Lawrence Durrell | ***Balthazar***

Claraboya

Nadie tiene necesidad de tus brillantes argumentos. Es el testimonio de tu vida lo que necesitan... Hace muchas páginas que lo sé, estoy planeando, y no llego a nada. Han publicado algunas notas. De ocho, siete. Ha sido un buen semestre. Sigue tenso un trecho de la Avenida Bolívar, donde Méndez Lara insiste en mantener secuestrada a la ciruelita pasa de la USIS. Hay periodistas detenidos. Muchos titulares. Tengo ganas de flotar y elevarme y flotar y volver a flotar y ser yo dentro de mí, mi ombligo y mi cornisa.

Riders in the Storm

Llegó carta de Laura. Mucho leer. Visito las dolencias de Oscar. Sigue el secuestro. Sigo mirando hacia algún norte. Vueltas a la vida. Giros por las calles. Doblar las esquinas. Seguir un camino. Sigue la muerte cabalgando. Sigue mi vida sentada, y el auriga ni se inmuta.

Duende ausente

Hola, ternura:

Llevo tres días y tres noches en Madrid. Tiempo suficiente para contarte alguna que otra impresión y sobre mi instalación en el Colegio Mayor (antes que nada, quiero decirte que he tenido la intención de llamarte, pero... tú sabes, no me atrevo. Nunca sé dónde estamos. Un día de estos lo hago. Espero encontrarte)... Te decía que aquí todo es una locura. El Colegio es agradable, el ambiente de estudios,

hay camaradería. El recinto es mixto y, no importa la edad, en cuan-
to entras se te recibe con un duchazo de agua fría en la madrugada.
Estoy alarmada. Primero que, desde que llegué, llevo puestas como
cuatro ropas encima. La temperatura de 8 Celsius, con vientos. Por
la noche, cuando más se necesita, apagan la calefacción. Duermo con
pijamas, medias, abrigo, sábana de fieltro que compré para calentar-
me, más la colcha que traje y otra manta que viene con la cama. ¡To-
do un espectáculo! Sólo faltas tú, para que me calientes los pies. Ya
hice la PRE-inscripción en Casa de América, qué edificio, era un
antiguo Palacio de los duques de Linares. Resulta que cuando voy a
inscribirme, las clases las rodaron para el 22 del próximo mes, lo que
quiere decir que tendré más de un mes de turista. Ya tendré tiempo
para andar todo Madrid, que es lo que me fascina de los viajes, cono-
cer la ciudad, andando. Por ejemplo, qué placer siente una cuando
está en La Puerta del Sol. Hermosa es poca cosa, es cosmopolita.
Cuántas cosas juntas y tan disímiles.

Laura
(Miércoles 17 de julio 12:00 de la medianoche)

Amor de otoño

Ahora debes estar soñando o roncando, allá son las 4:40 A.m.
Tengo a mi disposición una biblioteca con más de 14 mil libros (me
daré banquete). El Colegio dispone además de bar, sala de exposi-
ciones, sala de lecturas, sala de TV y cine, sala de música, gimnasio,
pista de tenis, polideportivo de baloncesto (¡ay, de ti!), balonmano y
voleibol.

La noche cuando llegué hubo una conferencia interesantísima y
un concierto. No sabes cuánto deseé que estuvieras aquí. Pero ya está
bueno. Cuéntame de ti, ¿estás contento? ¿Estás triste? ¿La universi-
dad? ¿Tu barriguita? ¿Me extrañas?

Javier, la distancia, muchas veces nos hace idealizar a los seres
queridos, por esa nostalgia que nos llega súbitamente. En mi caso, ya

desde allá venía preparada para valorarte realmente como eres, no como me asalten los recuerdos.

Te añoro, *"mi amor de otoño, amor de besos tiernos, mi dulce soledad, entre recuerdos..."* Besos con sabor a café, porque todavía no he tomado chocolate en Madrid,

Laura
(Jueves 18 de julio, (10:30 A.m.)

Quiensabequé

Ni sé, no tengo ganas. Me arropa el cobarde que soy o presumo ser, el comepiedras con cola de nisesabecuántos. Sí.

Amapola en flor

Cumplo un mes de trabajo. Pienso ahora. Por qué, debido a qué, con qué objetivo, me mantengo tan alejado de mí mismo. ¿Qué busco, qué persigo, a quién le huyo, por qué? Todo este tiempo, huyendo, ha sido importante. Cosas nuevas. Sin negar las aventuras. Sin negar que aún navego, y floto leve por la más azul de las vaguedades, perdido en los laberintos sordos y confusos de la nadidad y el miedo, incapaz de subvertir ni siquiera la gramática absurda de las horas, de mis días. ¡Qué lerdo ser! En estos días, cuando hace un año, he vuelto a ver a Sofía, ocultándonos, temiéndonos, sabiendo por qué. Con María Amelia, las cosas han sido distintas, voy con ella y me siento vivo, argonauta sin timón ni rieles, sonámbulo a plena luz del parque. En cambio, cuando no está, Jasón no se compara con mis fuerzas y soplidos. ¡Qué loco, man!

Al oído

Ssss ss No. No hay luz.

Señales de humo

Si digo o se me antoja decir que muchos o unos cuantos o casi todos o demasiados o quiensabecuántos son unos inadaptados. ¿No será que el susodicho yo el presunto el inquilino y menso estoy demasiado adaptado? Aquí, más o menos sentado. Amando en silencio. *El exorcista* (¡puaf, que asco!). Un día común, sólo que el clima varía mucho, todo igual. Si tuviera un colín unas polainas y un rusillo, a la sombra del jobo del patio... diría que sigo enamorao. Lo cierto es que ella no lo sabe. Aunque no lo ignora. Nada nuevo, nada. Hoy es casi mañana. Ojalá que mañana no sea ayer. Mucha paja y poco grano, sólo paja. Eso es. Solo, sólo conmigo, solo (¡uf, lo volví a decir!). Una mujer se defiende testiculando a un haitiano. Una vuelta larga Malecón abajo, y arriba también. Hablaaaaaaaaaaaaaaaaaar como un enano, hablar. Pasar una tarde así. Así. Joder la pita. Pendejear. Comiendo mucha mucha canquiña o roquetes del Santo Cerro. Nada nuevo. Llovió, tardenoche. Dolor, los pies. Hoy comenzó el nuevo semestre y todo fue saludos y "hola, ¿cómo te fue, pasaste la Política?" Caras nuevas. Caras viejas. La universidad de nuevo, sus calles, sus brisas, las mismas cosas, las manos, otra vez, las manos. Esperar largo y tendido la llamada prometida. María Amelia. Esperar que las flores floran con floría y los niños niñen sin que los carros los carren con sus llantas que traen tantos llantos. ¡Oh, las rejas, no sé qué son! No sé qué tienen, pero siempre enrejan... Sigo con las riendas tensadas, esperando sediento oír a María Amelia. Oírla. Escucharla. Hablarle. Hablarnos y escucharnos, oyéndonos con los oídos ciegos y mutuos de encontrarnos en todos los desencuentros en que nos buscamos. Ojalá que mañana su voz ultraje los hilos conductores del invento de Bell o Marconi, ojalá.

En salsa, estoy en salsa

En los últimos días, todo gira en torno a mí, a mi yoísmo insomne, ese sopor perenne que me arropa y me envuelve, amianto insípido, fetal. No cuenta la Conferencia de Quito, el asesinato de Ruth Peña Nina —tampoco el de Tingó, el día de fieles e infieles difuntos—. Nada, sólo estoy en mí, cubierto en la batisfera que me salva y me aloja lejos de todo, de todos, lo que pasa me pasa más allá, muy atrás. Nada sé, nada me toca. No he visto la prensa, sentado aquí, pasa todo el día, pensando en María Amelia. Así. Sin sentirme, como me siento. Accidentado. Caldeado. Adjetivado. Adverbiado. Salgo de Bellas Artes, *Bach en nosotros*, ni me toca. Pena que ni lo advierto, el extravío, mi ausencia y el monedero de Milar, que no aparece, la disco, el cerebro lleno de humo. La una y pico. Tremenda y noble lluvia. Profunda, dulce y fría noche.

Cielos de otro mar

Un ciclón anunciado que no llega. El costo de la vida que sí cuesta. Trabajo. Rueda de Prensa, *Siete días con el pueblo*. Hablar sin riendas ni medidas con el Barraco. Así por el estilo sin estilo. Ah, y ahora los mosquitos, malditos, jodones. Leer la prensa. Siguen los atracos. Sigue el alza de los precios (aceite, habichuelas). Un poco jodón, cansón, casi me quedo dormido en clases. Trabajo, un poco, por la mañana. De nuevo, Nueva Forma. Reoír varias canciones. Sencillamente tenía ganas, muchas ganas de escribir sobre esta página. Cubrir con tinta la mancha que trajo este cuaderno, aquella vez que se quedó por varios días en manos de Laura. Precisamente de ella espero la carta que nunca llega. Releer viejos cuadernos,

cuadernos, no hay mucho mar en este cielo tan igual y manso.

Puertas al campo

¿Podría decirse que hoy comienza una nueva etapa en la insulsa vida de un aprendiz de intenso? Es posible. Trabajo. La emisora. María Amelia. Salgo con ella. El quinto día con el pueblo. Juntos podemos unirnos al coro, cantar: *Hermano, dame tu mano...* Mercedes Sosa no causó lo que esperaba, quizá la postura que tenía, quizás. Puede ser otro día. No sé si por lo tanto que lo ansiaba, no sé si por María Amelia y sus zapatos rojos y el carmín de sus labios, imposible la camisa blanca... lo cierto que ¡inmenso! Víctor Manuel San José Sánchez, puso la nota que esperaba.

Cuaderno 11

—*En estos días es preferible no salir* —*dice ella, como penetrando suave-
mente en algún propósito.
Él se levanta extrañado:
—¿Por qué?
—Por nada. Llámale presentimiento si quieres.
—De cualquier manera, me parece que al que está en una sala de cine no
puede pasarle nada* —*replica él, buscándole conscientemente un paliativo a sus
aprensiones.
—Eso es lo que siempre se dice, pero recuerda el refrán: La pedrada que está
para un perro, dobla una esquina
y le da.*

Ricardo Rivera Aybar | *El reino de Mandinga*

Canibalia

Estoy enamorado. Mataron a un hombre que conocía. ¡Coño, ¿hasta cuando?! Hace apenas una semana que, en la Universidad, al subirme a un transporte, siento que el chofer se queda mirándome. Primero me asusto. Luego, como por acto reflejo, me cubro la barriga y, antes de que me dirija la palabra, lo sorprendo, le digo:

—¡Sí, barriguita de gente rica!

Era Francisco el de Margara, Francisco Caraballo, el que tantas veces jugó pelota con mis hermanos en el patio de la casa. Francisco, el que tumbaba las peras más altas; el que, de algún machetazo, tumbando en las lomas para hacer sembrados, se dio un tajo medio a medio de la nariz. Francisco frente a mí, ahora en la portada del periódico. Su nariz dividida y la frente perforada de un plomazo. Sé que no volveré a verlo nunca más. Sé que no me sacará otra vez de la universidad cercada, sin cobrarme. Sé que el auriga cenó esta noche su consomé de niñas tiernas. Sé que esta tarde anduvo correteando sirvientitas por los jardines del Teatro Nacional. Sé que se le revolearon las vísceras. Sé que se acostó con las sucias ganas. Sé que la pigmea barrió de sus mustias bolas todo el polvo de estrellas y el calor de ángeles que se le apozan en las tardes del cuerpo. Tengo un dolor con una alta dosis de rabia latiéndome en toda la anatomía. Siguen aumentando los precios. Es posible que todo cambie.

Pedazo de papel constitucional

Enamorado como un chivo (es lo primero que me sale, ignoro cómo se enamoran los cabros, pero...). Trabajo un poco. Parto un pruebín. Hablo mucho con María Amelia, que me lazó. Estoy flojito, sí señor. Sigue subiendo el costo de la vida y la vida no vale nada. La corrupción expulsó las cucarachas del closet del auriga.

Oquedad del vacío

Tres y cuatro muertos diarios ¡coño! ¡Coñísimo, carajo! Ahí está el largo camino de la vida. Tengo y no tengo muchas ganas de escribir.

Sed en la sed

Quiero ser calle,
que los niños y los hombres
claven sobre mí sus pasos;
que en las tardes, cuando llueva,
casi mares, sordos ríos
laven mis nervaduras y el filo;
que lentos veloces barcos
de papel no encallen en mis aceras;
que me pisen pies descalzos;
que pase una madre entera,
una loca caravana, una explosión,
como ángeles caídos, perros
que se amen como locos, locos
de amor porque amanezca
y nazca un ruiseñor o el sol.

Suma que resta

Desengaño y desencanto. Caigo al día, preñado de esperanzas e ilusiones pendejas, caigo a la noche abismal del desenlace, no joda nadie. No tengo ganas de hacer nada; como todo el buen pendejo que soy, giro sin mover ni un ápice. Estoy representando sin entrar en personaje aún, y por no sé cuántas millonésimas de veces, mi mejor papel: de pendejón. Una maldita tos que me tiene jodío. Este fin de semana pasado murieron cinco en asesinatos y accidentes.

Intrusa melodía

De nuevo con la firme y tajante convicción de continuar. Sé que estoy aquí. Sí, aquí, donde se investiga la muerte de Orlando y se habla de Goyito. Pero nada de Plinio, con su camisita kaki arregladita y su paciencia de cocolo bocadura de *La voz del pueblo*, mal pagado por el marcismo de Marcio, contando moneditas para pagar el concho y, bueno, algo dijo este moreno. Algo que debió decir, quién va a sacar la cara por un negro, periodista de orilla que no pertenece al gremio y que no escribe ni postula por los altavoces... salió en los diarios, sí, que subió en un carro azul; que no volvió jamás y a nadie, jamás, se le ocurrió recopilar, jamás, ni investigar, si fue o si vino la mano desenguantada y frívola del empedernido solterón del Palacio, carita de yonofuí nuestaballí incontrolando lo que sale de su manga y de su faltriquera. Sí, aquí es donde estoy, ¿donde estuve siempre? Pero, ahora escribo, hablo de nuevo conmigo. Aún no terminan los exámenes y estoy locamente emperrado por María Amelia. Pensando en ella y tratando de estudiar. Todo está tan así. No sé qué decir ni qué pensar (¡se salvó el maldito; ahí vuelve!), la veo como un celaje. Como que no es lo que busco y ese zumbido absurdo rondándome, sacándome de quicio. Si al menos apareciera ella, su tierna voz para espantar el miedo y ese polifónico y mordaz mosquito que no quiere dejarme ni siquiera pensar en lo que realmente quiero, todo el tiempo.

Tres en pez

Ayer fue un día, podría decirse, jocoso. Me levanto a... y, al abrir la puerta, frente a frente me tropiezo con los ojos de la que tantas Laura veces aparece en estos desaforados cuadernos. No iba para la playa con María Amelia, conste. Pero fui. Fuimos los tres y éramos los tres, los tres. Triángulo isósceles. La diagonal troceándonos las ganas, los tres. Ellas dos. Yo, tan sólo yo, fuera de mí. Apenas tres y el agua mansa y muda. No nos tornamos peces, no nos salieron branquias ni aletas ni escamas, rompimos el silencio sepulcral del Viernes Santo. Solos tres, aguas adentro. Latiendo sin sombreros. Mirándonos sin vernos. Los tres. Ellas dos. Yo. Ahora, sólo yo. Tan solo, yo. Miro y las pienso. Pienso, la pienso. Sueño, la pienso. Hablo, la pienso. La pienso a cada segundo y a veces me da coraje. Ha sido duro el día, aún estaba con la máquina. Mañana seguiré y ahorcaré otros encargos, eso espero. Mientras, sigo pensándola y ella, en San Miguel de los Remedios.

Cartesiana con lápiz rombo

—No te puedo querer, por ahora.
Y el puñetazo que se me clava como espina de cayuco. Corroe y me desanda como jiriguaos en la noche oscura. Ayer fue duro el día. Fue distinto a lo de Laura, siento, me consuela. Me dolió y me duele. María Amelia se fue por donde vino, sin hacer ruidos ni concesiones. Dejándome las orquídeas y el niño y su vendimia en el recuerdo. Susurrándome calles y caminos, sueños y parques. María Amelia combativa, triunfante y loca como almíbar. María Amelia, clavel y pan al horno. Hilo sin fin, nostalgia que no cesa. Y hoy, para

que me duela, me la encuentro. Tengo examen, el último, mañana, no he estudiado nada. Hacía un seminario y ya acabé. Y cada vez que la recuerdo siento un desgarramiento como de algo que se desprende y cae hondo. Ayer, como todas las que hago y que no mando, escribí una carta. (La llevo aquí, ¿recordaré el lugar?). La pienso a cada instante. Tengo que pensar en algo, es cierto. Tengo que hacerlo cada vez que lo hago. Doy muchos teclazos. Subrayo y rayo mucho, hasta rabiar. Trabajo y la pienso en todo el fatigado día. ¡No puede ser, pienso… luego, insisto!

Tebaida cínica

Abril, adiós Sagrario. A dos o uno más estudiantes dijo adiós sin querer. Hoy, en su aniversario, insisto aún. El examen de hoy no me trató muy bien, me siento pesimista. Ahora es más fácil verla que antes. Insisto en mi insistencia. Insisto, aún consciente de que Juan Pablo Duarte es un corral donde los potros del auriga dan cátedras y lecciones de civilidad y amor filial. La masacre estudiantil es un deber patriótico, insigne y necesario, insisto. El auriga es todo piedad, la paz que el Liceo Secundario Juan Pablo Duarte fundó cuando soñó una patria con un trapo alto, estrujando al sol y al viento con sus empiojados cuarteles. La escuela toca un corno desplumado y triste, el Presidente es todo bondad, como su duarte, como su cristo, como su libertad, como su fe que no mueve montañas, pero las arrasa. Insisto aún, e insistiré.

El día a la vuelta

Javier:

A pesar de haberme prometido no escribirte más, te escribo ésta mi última carta. I hate life. No soporto más, ya no me quedan glóbulos rojos, ni blancos, ni morados, ni amigos. No lo tomes por lo personal: tus enanas notas, no son "cartas" de amigo. Si algún día creímos ser almas gemelas, todo ha sido olvidado por mí. No te inquietes, dentro de poco tú también me olvidarás como se olvida un insignificante homeless, *muerto en un cruel invierno neoyorquino. De seguro la noticia de mi partida y esta carta llegarán juntas. ¿En realidad partiré? Si no le doy uso a esta* Gillete, *tampoco enviaré esta carta.* I'm the Antichrist, I don´t know what I want, but I know to get it. *No es como dicen, ella no es el final o la pérdida de todo, es el triunfo sobre lo insignificante, a su lado todo se consigue, todo se logra, porque nada tiene importancia. La vida, tan diferente a ella, es una mano de Monopolio, te dan dinero, una ficha y debes lanzar los dados... pero, el azar me es adverso. Uno va casilla por casilla comprando sentimientos con dinero o con hipocresía, desechando lo inútil, todo es una búsqueda de ganancia: ser el más querido, el más revolucionario. Unos somos los pendejos que ofrecemos todo y nada recibimos a cambio, otros son los que ganan. Me importa un carajo tu auriga. En el fondo todos somos él, ese maldito eterno Balaguer que tanto te revuelve la bilis y el cerebro, pana.* Bye, my partner, bye,

Jon Sebastian
13 de enero, algún lugar de la Vía Láctea.

Periódico de ayer

Todos estos días ando negado. No sé lo que busco. Voy por ahí algo desgonzado. Acabo de llegar de ver *Estado de sitio* con el Teatro Universitario. Andaba con Miguel. Adiós seguir de pendejo. ¿Para qué insistir, en busca de qué? ¿Por qué encerrarme en un sinfín? ¿Quién me lo dijo? ¿Para qué desvelarme? ¿Para qué gastar más tinta? ¿Para qué insistir? ¿Igual no pasó ayer, anteayer, trasantier y más allá? No importa. Adiós, sólo adiós y gracias por el tiempo y su miseria, por los sueños, los besos y el silencio. Por los peces de colores, el arco iris turbio y sus misterios, los atardeceres sin guasa y las sonrisas. Gracias por las gracias. Ahí están los caminos, son andables. Vivamos nuestras vidas y reafirmemos nuestras luchas y repudiemos que a las preguntas estudiantiles les respondan con balas. Adiós a la muchacha asesinada esta mañana, carne para la prensa. ¿Esta mañana, dije? La noticia habrá de ser, si mal recuerdo la lección de Búsqueda y Redacción de Noticias I y II, que la muchacha mate al día. Puede ser que llueva. Hoy, en verdad hoy, todo ha sido planear. Hoy se espera el mañana. Los *shows* de Hidalgo Injusto y el auriga con su control remoto, distanciándonos las flores y los puentes, cambiándonos la onda, tiempo adentro.

Cuaderno 12

Hoy recuerdo que durante el exilio en mi santa helena personal estos apuntes resbalaron y cayeron al suelo entreverándose. Los junté como pude y nunca traté de ordenarlos. Para hacerlo hubiera sido indispensable mirar fechas y sucesos: una tarea imposible para mí. Leer lo apuntado me resultaba no sólo desagradable sino también repugnante...

Juan Carlos Onetti | *Cuando ya no importe*

Luna en gotas

Haciendo trampas a las horas, sin saberlas. Camino así. Estoy solo, como siempre. Qué alejado estoy. Mi voz se pierde en mis adentros. Me siento clausurado, afronterado a propósito. Tantas horas han pasado por estos días polvorientos y olorosos a policía antipresupuestario. He estado en las movilizaciones. Permanezco alejado de la lectura. Estoy como muy vago. Estoy, como siempre, solo. Hoy no fumé y estoy "firmemente" por dejarlo. He dado tantos tumbos en estos días. Tengo una excusa para pensar que no pienso en María Amelia y llamarla.

—Aún no los encuentro, no dejo de buscarlos. Te lo juro.

No sé si su respuesta me encabrita. Sé que la llamo y ya no estoy cabreado como antes de llamarla:

—Oye, ¿encontraste mis poemas?

La imagino, toda ella, queriendo deshacer los mil candados de su ropero, tratando de encontrar el paradero de mis ajados versos. La imagino, trémula y dulce, como las noches de luna y flores de amapola de San José del Puerto. La imagino, como almíbar, buscando en mis papilas el beso que dejamos extraviado en los caminos de la madrugada. En realidad, no sé si quiero que ella encuentre los poemas. No tendría, después, excusa alguna para insistir y marcar, otras veces su teléfono.

Baldón de sueños

Hoy, todo se agita, en una mañana de sueños. La vida está ácida. La luz juega a escondidas. He visitado tres empresas, en entrevistas, donde la luz no está en estos días. No voy a clases. Pienso y sé que tengo en total y pleno abandono los libros y ando buscando ser un petulante, presuntuoso. Me fallan todos los bolígrafos, ayer y hoy. Llamó Laura.

Candelo no ha muerto na

De pronto se hace tarde. El Alma Mater se inunda de flores silvestres. Un olor a campoadentro salta de las gargantas de Convite, y llega la canción... traída desde el campo de atabales, mitos y leyendas. *Convite convida*: centenares de estudiantes conjurando un silencio y un orden nunca vistos por estos predios. Candelo está presente, responde imponente y juguetón al llamado de Convite. La música llena el salón y hay un bullir, un enfebrecimiento que se riega de banco a banco, se convierte en colectivo. Un concierto. Tres momentos y un solo goce verdadero: el amor, la niñez y sobre todo uno mismo en la más mágica dimensión de su realidad. Y el momento esperado que llega. Los cueros templados. Zumba la zumbadora (balsié). El alcahuete le responde al palo mayor: Tingó Soriano y su muerte en la tierra y por la tierra, brota hecha canción en la *salve pa subí la vo* (*Rompamos alambradas y las empalizadas: las tierras de Quisqueya para el que las trabaja...*) Y un solo y floreciente grito que fermenta en los pechos y gargantas. Algo irreprimible, la respuesta al mensaje terroso de doña Tingó late y se encrespa en los poros estudiantiles, el retorno hecho consigna. Y luego del silencio, la tempestad. Candelo está presente. Repican los cueros. La tensión se posesiona y las voces de Luis y Ana Marina forman arcos, radios y diámetros en el circular edificio del aula magna: *Candelo, dame la mano para llegar a tu reino... Ae, Candelo, ae, Candelo....*

Living in the past

Hoy, nueva vez no voto. Hoy, ¿firme y convencido? busco entre escombros y cenizas de trozos rocosos, razones que fortalezcan mi razón de alzarme, encontrar mis rieles y andar. Mirar. Observar. Estudiar. Refutar y plantear, defender y sustentar. Más objetivo. Más mordaz. Tajante. Certero. Inflexible. Insobornable y si es posible hasta cínico otra vez. Los símpidos no son quienes para callarme. Calma, calma. Paciente análisis. Estudio. Contundencia. Capacidad. Rapacidad. Impiedad. Nuevamente calma. Cálculo frío, contra el enemigo. La meta: hundirlo. No perder el tiempo en discusiones. Observar y comprender y escuchar y repostar y defender la posición y no dejarme usar. Estar consciente de que estoy porque y donde debo estar. Al menos ver la flor con el color y el olor, siendo pétalo y siendo parte de un todo real y vivo. Ver la vida desde la vida misma y por la vida. Y, principalmente, ponerme en órbita en los estudios.

Falsa mampostería

En tres minutos la luz se ha ido dos veces. El examen de hoy me maltrató con saña. No debe volver a suceder. Tengo que rehilar el trompo. Afrontar mis cosas. Todo ha estado dentro de lo aceptable, yendo de lo más o menos a lo normal. Estuvo por aquí Miguel. Algo agotado y los malditos mosquitos. He divagado mucho en los últimos días. Mi yo anda distante de mis riendas. No sé ni lo que soy. Es tiempo de exámenes. Tiempo de lluvias. Todavía son reflejos del ciclón o huracán Eloise. Hoy es domingo y ahora mismo, en este instante, no está lloviendo, me ablando. Temo, acaso, o me asalta el pensamiento de que llegará de repente ese fantasma burlón de la vejez. Los trabajos. Es más lo mismo o peor que todos los fines de semestre. Ahora es peor. La causa, mi desorden al cubo. No es otra cosa. No hay otro culpable. Sólo yo, lo sé. Nadie más.

Cuaderno 13

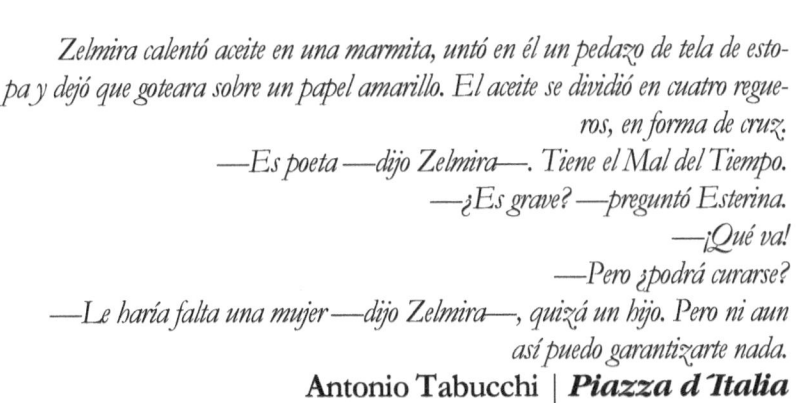

Zelmira calentó aceite en una marmita, untó en él un pedazo de tela de estopa y dejó que goteara sobre un papel amarillo. El aceite se dividió en cuatro regueros, en forma de cruz.

—Es poeta —dijo Zelmira—. Tiene el Mal del Tiempo.

—¿Es grave? —preguntó Esterina.

—¡Qué va!

—Pero ¿podrá curarse?

—Le haría falta una mujer —dijo Zelmira—, quizá un hijo. Pero ni aun así puedo garantizarte nada.

Antonio Tabucchi | *Piazza d'Italia*

Rubber soul

Y bien, estoy en la lucha. Ahora, más copado que antes. Más apurado. Pero, con más ganas de sobreponerme. ¡Malditos exámenes! Ayer agarraron a Claudio Caamaño y a Toribio Peña Jáquez, buscan a Manfredo Casado Villar. Ya hoy no veo su afán como lo vi ayer. El floriterismo murió. Su luto pasó. Ahora, ¿qué piensan ellos aparte de lo que nosotros pensamos que ellos piensan? Miro una foto, un recorte del pasado que se me filtra entre las penas y el olvido, ínfimo recurso para amenazar la memoria, fragmento, lluvia y añoranza frente a aquel trozo de foto de muchacha —único tesoro o talismán que guardo, primado para mí— y recordaba. Recuerdo aún sus ojos son... *caminito de la playa*... Dan (todavía se va la luz)

Tropas y tropelías

Aunque por caminos diferentes, trillando las mismas sendas. Quizá no le dieron tiempo de elegirlo a fondo. Quizá —y lo creo—. Su convencimiento tan profundo les encaminó por la senda desesperada. Manfredo y tres más... circunstancias de las insólitas que están acostumbrados a presentarnos nuestros dueños de cuadras del auriga. Lo cierto es que anoche la muerte se aposentó por los caminos del sur, cortando cuatro capullos más para sumárselos al precio. Anoche la desesperación se juntó con la opresión y la agresión y represión. Aún es tiempo de esperar el mañana.

Clave de La

Tiempo de béisbol, crisis energética. Posibilidades de que suban los pasajes, así. Quizá empantanado en ni se sabe qué luchas. Las inscripciones están aquí. No tengo mucho de qué hablar, pero quiero, necesito, me empecino en hablar. Tal vez deba decir que los plátanos están a 25 cheles o que la luz ya es tan común de otro color que no es el claro, o quizá, mejor hable de otras cosas. Por ejemplo: que mi mimada pluma comenzó a fallarme cuando iba en por ejemplo (¡ya se arregló, parece!). Esto es, floto algo vacío. Busco salida. Debo buscarla. ¡Tengo! Están pasando cosas raras en los últimos días, es decir, desde el viernes. El domingo, con otro motivo, tratando de perderme o encontrarme en *Las mil y una noches* de Pasolini. Ayer y hoy, pedaleo, floto, filmo, ruedo y armo un filme mudo, lúdico, tantálico y real: **L**ío. **A**to. **U**no. **R**eato. **A**marro cada uno de los altos pespuntes que descosidos me zumbaban. Ya ves, más o menos así floto. ¿Se entiende?

Luz de otoño

Todo este tiempo brisa
entró y salió como por puerta propia
los muebles sientan todavía
                    desmesuradamente
el cansancio de tu adiós
el polvo de los días se irá al conjuro de tu risa
la puerta abierta espera por tus ojos
qué traes qué viste por allá
espero ver paisajes en el lienzo suave
de tu voz cuéntame junto a la noche

desátame la soga de esta pena sin tiempo
y lávame esta sed que provocó tu ausencia.

Noción de geografía

Es tanto lo que de repente me ha llegado que no encuentro qué decir. Todo ha cambiado a mil. Todo ha sido tan sorpresivo. Lo cierto es que los aires se han teñido de otros tonos. Otoño tendrá significado desde este otoño. Laura está aquí desde el quince de noviembre (justamente dos años después).

Panfleto zurdo

Ahora mismo, ignoro la hora. La fecha y la temperatura (24° C), sí las sé. La lluvia, el viento frío, invierno y Fernando me acompañaron todo el fin de semana hasta Santa Lucrecia de la Ausencia. Sólo sé que hace frío; que la economía se tambalea; que muchos piden amnistía; que mientras escribo, oyendo la musiquita de los helados, al aire libre; trato de sujetarlo y aguantarlo dentro del pecho, que no se me salga de sus cauces, el corazón, la vida. Hace un momento, junto a Kuky, y la prima, vimos *Orden de matar*. En el Leonor. Aún no es invierno. Es otoño. Primera vez que otoño es otoño. Al fin poso la vista sobre el otoño. Otoño siente nuestros pasos; oye las voces; se mira y nos mira, todo ojos; se filtra, roba y naufraga en su aliento; muerde sus horas; besa y se pega a nuestras pieles y es otoño de dos con dos y por dos. Otoño, hojas caídas, amnistía, economía, otoño, primavera casi rompe alambre en remojo. Nunca más estaré ni estará economía nula.

Sumisa rebeldía

Un nuevo año por delante. Tantos días sin hablarme. Tantos ratos de locura. La alegría tiene nombre y estatura: Laura. Camina cada paso junto a mí. Se acuesta, se levanta, sueña, come, corre y vive en mis vísceras. Es tiempo ya de darle la cara al tiempo, por los dos. Ya está bueno.

No sonarán igual

Se apagó un sonido que descose el alma, partió Olé. Ayer, apenas se oyó la última nota de su guitarra. Ya no suena más. No volverá, por joder, por poner y sacar la luz del vino, a poner las eses nosdalaganariamente en el renglón vecino o en la China, ya sus ojos no alumbran. No volverá a tocar *yo nunca tengo dinero...* por lujo. Ahora estoy aquí, sin él, con Laura y estoy seguro que Mary Hopkin, The Ventures, The Beatles, los Johnny Jets y otros tantos no sonarán igual que ayer en las tardes frías de un San José del Puerto sin fronteras. Ya no más *I fell fine* ni *Jingo loba* ni *Hola, Carolita* y Leo Favio en la vellonera del *Tiffany-Bar*. Adiós Ole, adiós. Aún hoy, en esta mañana, siempre lo recordaré.

Cristal sin tiempo

Termino el día oyendo música. Estudio ¡eso parece! Veo parte de los resultados del análisis sobre el mareo del jueves pasado (igual al de hace mucho). Irreversible, la migraña. El auriga hojea su álbum de cruces y colmillos. La sinfónica está muda y purpura en su púlpito el arzobispo bizco su melopeya más gris, desafinada. La calle está vacía, acalambrada y seca. Tengo que ser menos flexible conmigo. Hace justamente un mes dejé la radio. Tengo trabajo estable y Laura. Voy por las calles y el ruido de los autos y la gente me da igual. No tengo ganas de hablar más, no tengo frío.

Contrapunto.

Hoy te escribo porque quiero escribirte, amigo, hermano, pero no tengo nada que escribirte y no voy a ponerme a decirte que si me gustan tales o cuales palabras, vocablos, proverbios y expresiones vertiginosas —esa palabra me gusta, siempre me ha gustado, la veo como la más hippie de las palabras y que más me representa—, vertiginoso... bueno, pero no tengo mucho que escribirte porque nos conocemos, y es como en aquellas reuniones de la gente que sabe muchos chistes y ya hasta los habían numerado, y uno simplemente dice el número 15 y algunos ríen y otros dicen ese chiste no tiene gracia, sí, que si hay algún libro nuevo interesante, bueno, podemos hablar de las alondras, perdón, de las babosas, me gustó el librito ese, es bueno, como que se parece a nosotros, eso de meterse en el texto, en fin que no le debemos guardar rencor a nadie, tengo muchas cosas que no decirte, hermano, amigo, muchas pero aquí nada nuevo pasa: los depredadores de siempre, los mierditas sempiternos, siguen jodiendo la vida. No vale la pena contarte eso, amigo hermano, sólo te escribo porque quiero escribirte, quizás porque añoro un Brugal, *o un* Cutty Sark 16 años *que da más duro que uno de esos vocablos contundentes, que fuñe la cabeza y el estomago más que el* Brugal, *viva la patria y el ron, pero eso ya lo sabes, sabes demasiadas cosas de uno, tantas que uno no sabe que coño escribirte cuando uno quiere simplemente escribirte. La verdad es que no quiero escribirte, más bien quiero un miércoles, una mujer con abigotada... pero debo irme, joder con esta prisa de funcionario civil que me ata... hermano, amigo, te volveré a escribir de nada más adelante, como siempre ya sabes todo lo que te dije sin decirte... no dejes de leerte a* Huxley.

Jon Sebastian
siempre, Jauja.

Esta edición de *El mal del tiempo*, de **René Rodríguez Soriano**, está disponible desde los primeros días de febrero 2011; edición y cuidado de *medialsla editores, ltd* - kingwood, tx mediaisla@gmail.com